www.tredition.de

AF185855

Helga Storm

Tausendjährige Früchte

Biografische Erzählung

www.tredition.de

© 2017 Helga Storm

Umschlag: Angela Herold, HEROLDDESIGN, 22926 Ahrensburg
Verlag und Druck: tredition GmbH, Grindelallee 188, 20144 Hamburg

ISBN
Paperback: 978-3-7439-4906-5
Hardcover: 978-3-7439-4907-2
e-Book: 978-3-7439-4908-9

Es war einer dieser heiteren Tage im September. Die Sonne stand in einem Himmel aus makellosem Blau, nur ihre länger werdenden Schatten deuteten auf das nahe Ende des Sommers hin. Scheinbar ungebrochen verströmte sie ihre Wärme, die wie eine Liebkosung auf meinem Gesicht lag, während ich die kurvenreiche Strecke vor mir im Auge behielt. Ich hatte vergessen, wie schön diese weiche Landschaft war, gerade jetzt, wo sie sich in den unterschiedlichsten Gold- und Orangetönen verfärbte und die Hügel leuchteten. Ich hatte auch vergessen, wie lang sich der Weg über die alte Landstraße hinzog, sonst wäre ich wahrscheinlich dem Reiz der gut ausgebauten Bundesstraße erlegen. Aber schließlich kannte ich diese Strecke von früher und wollte mich dem Dorf nach so vielen Jahren behutsam nähern. Warum, das fragte ich mich damals nicht.

Die Straße tauchte ab in die Hanbacher Senke und führte durch dichten Wald. Geruch von modrigem Waldboden drang ins Wageninnere. Eben noch hatte mich die Sonne angenehm gewärmt, jetzt wurde es kühl. Die Klimaanlage heizte, ich schaltete den CD-Player ein. Und während sich wieder wohlige Wärme ausbreitete, sang die Stimme der Callas „Caro Nome". Bittersüß – und zugleich so herrlich. Sie rührt mich jedes Mal zu Tränen. Wie einst die traurigen Klänge des Vaters am Klavier.

Vor einer Stunde noch dachte ich nicht daran, die Rückreise vom Besuch einer Freundin am Bodensee gerade hier zu unterbrechen. Ein spontaner Entschluss, der plötzliche Wunsch, das Dorf wiederzusehen, in dem ich als Kind nicht einmal drei Jahre lebte und doch so lange daran zurückdenken musste. Bis die Bilder nach und nach versanken. Nun allerdings kamen mir Zweifel, ob der Abstecher nach Rendenburg eine gute Idee gewesen war. Ich bummelte über die Landstraße, beinahe froh, die Ankunft damit hinauszuzögern.

Die Senke lag hinter mir, und wie Orpheus aus der Unterwelt tauchte ich wieder auf inmitten dieser, so schien es mir, für immer behäbig in der Sonne daliegenden Landschaft. Verschlafene Weiler mehrten sich rechts und links. Alte Eichen säumten die Straße, mit Baumkronen, die sich vor ewigen Zeiten schon zu einem gewaltigen Dach geschlossen hatten.

Das Ortsschild. Ich spürte den feinen Stich bei seinem Anblick. Mein Herz klopfte schneller. Zu viel Gefühl für eine so unbedeutende Sache, befand ich. Ein verwilderter Rosenstock mühte sich, das Schild demnächst zu überwuchern. Es folgte eine lang gezogene Kurve, eine Straßenkreuzung, das Ende der Chaussee. Ein baum- und strauchloses Industrie- und Gewerbegebiet, wo nach meiner Erinnerung ein mächtiger Laubwald gestanden hatte. Nichts Besonderes, eine Ortseinfahrt wie viele. Erst nach und nach tauchten die alten Häuser und Gärten auf, gelegentlich unterbrochen von Büro- und Geschäftshäusern mit Fassaden aus Beton und Glas; Fremdkörper sowohl zwischen den dörflichen Wohnstätten als auch in meinem Bild von früher. Der Kirchturm der katholischen Kirche, hinter der einst die Zwergschule lag, die ich bis zur Gymnasialzeit besuchte. Straßenkreuzungen und Ampeln, wo früher keine waren, Geschäfte, ein Parkplatz. Ich stieg aus, schaute mich neugierig um. Überall neue Straßen, neue Namen. Die Jugendlichen auf dem Fußweg gegenüber hätten meine Enkel sein können. Es herrschte mäßiger Verkehr an diesem frühen Nachmittag. Tauben gurrten auf haushohen Straßenlaternen. Und von dem Fachwerkhaus, das einst hier gestanden hatte, keine Spur.

Da stand ich nun und wusste nicht, wohin ich mich wenden sollte. Zwischen dreistöckigen Wohnblocks entdeckte ich schließlich den immer noch beeindruckenden Klinkerbau der alten Post mit seinem Schmuckfries aus versetzten Steinen. Jetzt offenbar der Filialsitz einer Firma. Als Schülerin hatte ich hier mein Taschengeld auf ein Konto eingezahlt, das Sparbuch ging bei einem der folgenden Umzüge verloren. Ich erinnere mich nicht, dass ich darüber traurig gewesen wäre. Vermutlich nahm ich es einfach hin, wie so vieles. Schon mehrmals hatte ich verloren, was mir gerade erst lieb geworden war: Freunde und Freundinnen, Lehrerinnen, vertraute Umgebungen. Nichts blieb. Für die Neunjährige eine alltägliche Erfahrung, es wäre ihr nicht in den Sinn gekommen, darüber zu klagen. Schließlich war auch durch die Flucht vor der russischen Front alles, was die Familie besessen hatte, verloren gegangen. Mit einer Ausnahme: der Bechsteinflügel des Vaters, den die Mutter vier Jahre nach Kriegsende in einer riskanten Aktion, versteckt in einem Lastwagen voller Gemüsekonserven, in den Westen holte. Das wusste das Kind. Was es nicht ahnen konnte, war, dass die immateriellen Folgen von Krieg und Flucht in der Familie viel stärker wogen als der Verlust von Besitz.

Doch davon wollte ich eigentlich gar nicht erzählen.

2

Acht Monate später, ein vielversprechender Tag im Frühsommer. Vor mir auf dem Gartentisch die begonnene Erzählung. Eine nette kleine Geschichte sollte es werden. Über das Wiedersehen mit dem Dorf, das ich letzten Herbst nach langer Zeit zum ersten Mal wiedersah. Aber ich komme nicht voran. So, wie geplant, kann ich sie nicht erzählen, weil sich mir damals hinter der bekannten Dorfoberfläche noch etwas anderes, Schmerzliches, aufdrängte. Davon allerdings will ich auf keinen Fall erzählen. Nur lässt mich diese andere Geschichte nicht los.

In den Nachbargärten wird gegessen und geschwatzt. Geschirr klappert, in der Ferne ist ein Moped zu hören. Zufriedene Gespräche nebenan, Lachen, Scherzen. Familienleben eben, wie früher in meinem Elternhaus, als wir Kinder mit Vater und Mutter bei Tisch plauderten und die Welt für uns ganz selbstverständlich in Ordnung schien. Heute weiß ich, dass dies keineswegs so war. Denn nicht, was gesagt wurde, machte uns zu denen, die wir wurden, sondern das, was unaussprechbar blieb.

Stille, die Stimmen sind verklungen. Insekten fliegen emsig hier- und dahin. Wind tut sich auf, es rauscht und weht, dann wieder mittägliche Ruhe, als sei nichts geschehen. Ich weiß, wohin mich diese andere Geschichte führen will. Und ich ahne, dass ich sie nicht übergehen kann. Es geht darin um das Leben meiner Eltern und um das, wovon sie Zeit ihres Lebens nicht sprechen konnten. Die Fakten kenne ich inzwischen. Ich habe sie in langen Jahren mühevoll recherchiert. Dabei schien von dem, was ich suchte, ein großer Widerstand auszugehen. Denn ich drang in etwas Verbotenes, Verschlossenes ein, von dem ich nichts weiter wusste, als dass es einmal real gewesen war. Nun will ich versuchen, diese Bruchstücke und andere Überreste der Vergangenheit meiner Familie in einen Zusammenhang zu bringen und eine Sprache dafür zu finden. Auch wenn es mir schwerfällt.

So erzähle ich am Ende doch die Geschichte, deren lange Schatten mich in Rendenburg einholten.

3

Seit Tagen schneit es, lautlos und in dicken Flocken. Nachts fällt das Thermometer auf minus dreißig Grad. Ein scharfer Wind streicht ums Haus und türmt mächtige Schneewehen auf. Großmutter Alexia steht am Fenster und hält den zehn Monate alten Paul fest, den sie neben sich auf der Fensterbank abgesetzt hat. Seit vielen Jahren verwitwet, verlor sie vor einem Jahr auch noch ihr Haus im Rheinland durch einen Bombenangriff. Nun lebt sie hier bei einem ihrer sieben Kinder, einem Sohn und seiner jungen Familie in Finsterwalde, einer kleinen Stadt nahe Cottbus.

Es ist der erste Weihnachtstag im Kriegsjahr 1944. Sie ist nicht zur Kirche gegangen, der Weg im tiefen Schnee wäre zu beschwerlich gewesen. Jetzt wartet sie auf die Rückkehr der Schwiegertochter und der bald zweijährigen Hanna – das Kind, das ich damals war. Tags zuvor sind die beiden nach Torgau aufgebrochen, um Abschied von ihrem Mann und Vater zu nehmen. Bis zu dessen Einberufung vor drei Monaten arbeitete er für eine

Firma, die kriegswichtige Kugellager produzierte. Nun werden auch diese Männer an die Front geholt, sogar die älteren. Ein Foto zeigt ihn bei der Schnellausbildung an der Zweizentimeterflak inmitten von siebzehn weiteren, ebenfalls nicht mehr jungen Männern, alle in Luftwaffenuniform. Doch uniform sind die Männer damit noch lange nicht. Dem Vater schaue der Zivilist aus allen Knopflöchern, wird er gerügt. Er ist einundvierzig Jahre alt, ein gesunder, sportlich trainierter Mann, musikalisch begabt, ein überzeugter Verfechter humanistischer Werte. Heiligabend erfuhren die Soldaten, dass sie am nächsten Tag zur 11. Flakdivision nach Oberschlesien aufbrechen sollten.

Es war ein trauriges Treffen der Eheleute an diesem bitterkalten 24. Dezember. Mit dem Töchterchen auf dem Arm blickte der Vater ernst in die Kamera. Das Kind nannte ihn nun „Onkel". Aus Kummer um den Verlust ihres Vaters war Hanna nach seiner Einberufung krank geworden. Nun erkennt sie ihn nicht mehr. - Erst dreieinhalb Jahre später werden sich beide wiedersehen, da ist sie fünfeinhalb und er ein kranker, gebrochener

Mann, ein Fremder für sie. Doch bleibt Hanna sein bevorzugtes Kind, und nach der Heimkehr versucht er, dort anzuknüpfen, wo die Beziehung zu ihr abgebrochen wurde. Aber dem Kind fehlt mit der Erinnerung auch die Bindung an ihn, es sucht lieber die Nähe der Mutter.

Die ist Großmutters Lieblingsschwiegertochter. Eine glückliche Fügung für die Schwiegertochter, die ihre eigene Mutter als Vierjährige verlor. Vor zwei Wochen ist weiterer Besuch aus dem Rheinland eingetroffen, eine Schwester des Vaters. Sie ist Lehrerin und wird bis zum 22. Januar bleiben, weil die Schulen mangels Heizmaterials für diese Zeit geschlossen wurden.

Seit im Oktober der Russlandkrieg zum ersten Mal auf deutsches Reichsgebiet übergriff, bewegen sich mächtige Flüchtlingstrecks aus Ostpreußen in Richtung Westen; eine Reaktion auf Gewalttaten russischer Soldaten an der deutschen Zivilbevölkerung. Angesichts des Vorrückens der russischen Front bittet Großvater Heinrich, Mutters Vater, sie in seinen Briefen immer besorgter, sie möge mit den Kindern ins Harzer Elternhaus zurückkehren. Doch Großmutter Alexia will nicht fort, möchte nicht schon wieder das Dach über dem Kopf verlieren. Sie ist vierundsiebzig Jahre alt, hat Herzbeschwerden, ist beleibt und schwerfällig. So beschließt die Mutter zu bleiben, vorerst. Doch ahnt sie, dass nicht viel Zeit bleibt, bevor die Russen auch die Oder überqueren. Unbeirrt näht sie deshalb weiterhin die Namen der Kinder und die Adresse ihres Elternhauses in die Kinderwäsche. Sie hat gehört, dass in den Wirren von Krieg und Flucht Mütter und Kinder getrennt wurden und sich aus den Augen verloren.

Am 10. Januar schreibt Großmutter einen langen Brief an die Familie ihres ältesten Sohnes, in dem sie vom Alltag in Finsterwalde erzählt, doch mit keinem Wort Pläne erwähnt, die von Flucht sprechen. Stattdessen beschreibt sie ausführlich die Entwicklung der beiden Enkel, die neuerdings eigensinnige Hanna und den sehr lebhaften Paul.

Die sowjetische Winteroffensive beginnt am 12. Januar 1945 und damit das Vordringen einzelner Verbände bis an die Neiße. Am 16. Januar wird die Innenstadt Magdeburgs durch einen Bomberverband der Royal Air Force mit 371 Flugzeugen völlig zerstört, am selben Tag Bahnhof und Gleise von Bad Liebenwerda auf der Bahnstrecke in den Harz. Es schneit noch immer bei Temperaturen um minus zwanzig Grad. Auch am 22. Januar, dem Abreisetag der Tante, zeigt das Thermometer beständig zwanzig Grad Frost. Am 26. Januar liegt weiterhin hoher Schnee im Raum Cottbus, doch ist es mit nur noch fünf Grad minus tagsüber nicht mehr so kalt. Zum Monatswechsel setzt Tauwetter ein. Abseits der Hauptstraßen hält sich hoher Schnee, der erst durch noch milderes Wetter und strömenden Regen wegtaut, in den sich später wiederum neuer Schnee mischt.

Am 13. Februar herrschen Sturm und Regen. Eilenburg wird bombardiert; das Städtchen liegt ebenfalls an der Bahnstrecke in den Harz, die weiter über die Bahnknoten- und Umsteigepunkte Torgau, Halle, Halberstadt und Goslar verläuft. Am selben Tag abends und in der folgenden Nacht erleidet Dresden, das voller Flüchtlinge ist, die schwerste einer Serie von Bombardierungen durch die Royal Air Force. Am 14. und 15. Februar fliegen die amerikanischen Luftstreitkräfte mit je 316 Bombern vom Typ B-17 nochmals Angriffe auf Dresden. Bis nach Bad Liebenwerda ist der feuerrote Himmel über der brennenden Stadt zu sehen. Auch Halberstadt erlebt an diesem Tag einen Luftangriff auf den Hauptbahnhof.

Und es geht weiter. Am 15. Februar wird Cottbus schwer bombardiert. Die ersten Bomben schlagen südlich des Bahnhofs ein. Auf dem Bahnhofsgelände befinden sich unübersehbare Menschenmengen, das Hauptgebäude stürzt aufgrund der Druckwelle in sich zusammen. Mehr als eintausend Menschen kommen ums Leben. Dieses Ereignis oder das zwei Tage später erfolgte Übersetzen der 1. Ukrainischen Front über die Oder und deren Vormarsch bis nach Guben, nur 65 Kilometer entfernt von Finsterwalde, gaben sicher den letzten Anstoß dafür, dass die Mutter alles hinter sich ließ und mit Kindern und Schwiegermutter den Weg nach Westen antrat. – Was sie dabei erlebte, konnte sie später, von Sprachsplittern abgesehen, nicht mitteilen. So wusste sie den Tag ihres Aufbruchs wie auch die Dauer der Flucht lange nicht anzugeben. Für die gesamte Reisestrecke nach Seesen im Harz brauchte die Reichsbahn fahrplanmäßig fünf Stunden und fünfunddreißig Minuten, die Umsteigezeiten nicht eingerechnet. Jahrzehnte später, inzwischen über neunzig Jahre alt, schätzte die Mutter, sie seien wohl zwei bis drei Wochen unterwegs gewesen. Dazu passt die Tatsache, dass alle Beteiligten mit Wirkung vom 5. März in Seesen behördlich gemeldet wurden. So hätte die Flucht tatsächlich knapp drei Wochen gedauert.

4

Die Züge aus dem Osten sind hoffnungslos überfüllt. Auf den Bahnsteigen drängen sich unvorstellbare Menschenmassen. Die meisten Fensterscheiben der Waggons sind durch Tieffliegerangriffe zerborsten, die restlichen werden es auch bald sein.

Der Kinderwagen wird in den Gepäckwagen verladen, den beiden Frauen überlässt wohl eine mitleidige Seele einen engen Sitzplatz. Mutter hat Paul auf dem Schoß, Hanna sitzt vielleicht zwischen ihr und der Großmutter. Gegenüber ein verwundeter Soldat, auf Fronturlaub auf dem Weg zu seiner Familie. Er würde Hanna wohl kaum auf seine Knie nehmen, sähe er nicht die Notwendigkeit dafür. Die Mutter ist mit Paul und der eigenen Angst vollauf beschäftigt, die Großmutter unter diesen Umständen offenbar auch nicht in der Lage, sich Hanna beruhigend zuzuwenden. So sitzt sie, zumindest auf diesem Abschnitt der Reise, auf seinem Schoß. Während der wiederkehrenden

Tieffliegerangriffe hält er ihr schützend seine Mütze vors Gesicht, um sie vor dem Anblick des Schreckensszenarios zu bewahren. Und er hält sie fest im Arm. Damit bietet er ihr einen gewissen Schutz, den die Mutter, selbst von Panik und Todesangst überflutet, Paul nicht geben kann. Sobald sich Tieffieger nähern, löscht der Lokführer alle Lichter, hält den Zug möglichst in der Nähe von Baum- und Strauchwerk an, springt, wie alle Passagiere, die flink und gelenkig genug sind, hinaus und versteckt sich. Für die Mutter mit zwei Kleinkindern und der gebrechlichen Schwiegermutter an der Seite unmöglich. Die beiden Frauen sitzen aneinandergedrängt, erleben das Inferno von heulenden Flugzeugmotoren, einschlagender Munition, berstenden Fensterscheiben, Angst- und Todesschreien. Es gibt Tote und Verletzte. Paul ist vor Schreck in eine Starre gefallen, bewegt sich überhaupt nicht mehr, ein gefährlicher Totstellreflex. - Er wird für die Dauer der Flucht in dieser Starre verharren und so gut wie alle Nahrung verweigern. In der bizarren Sprache, die die Mutter in ihrer nahezu vollständigen Sprachlosigkeit über die Umstände der Flucht für diese dramatische Zuspitzung fand, hieß es: „Zum Glück wollte Paul während der ganzen Zeit nichts essen, es gab ja sowieso nichts." Als Erwachsene erhob ich eines Tages Einspruch gegen diese Verharmlosung und sah, wie sie ratlos und fahrig wurde. Ich ließ das Thema sofort fallen.

Zerstörte Bahnhöfe und Gleise, wie die von Bad Liebenwerda auf dem ersten Abschnitt der Bahnstrecke, bedeuten auch später immer wieder Unterbrechungen und neue Aufenthalte für die Flüchtlinge. Gleichzeitig wird überall hart daran gearbeitet, die Schienenwege so schnell wie möglich wiederherzustellen.

Die Reichsbahnstrecke von Finsterwalde in den Harz verläuft zunächst über Bad Liebenwerda und Falkenberg zum Umsteigepunkt Torgau. Umsteigen beinhaltet meistens einen Bahnsteigwechsel. Der Kinderwagen mit den Kindern wird von Helfern über die Gleise getragen. Die Mutter aber muss mit der schwerfälligen und unsicheren Großmutter inmitten von riesigen Menschenmassen die Treppe nehmen, durch den Tunnel gehen und auf der anderen Seite mit der alten Frau mühsam wieder hinauf. Höllenqualen steht sie jedes

Mal aus vor Angst, die Kinder in diesem Durcheinander zu verlieren. – Ungefähr hier setzt eine meiner Erinnerungen ein, lange missverstanden als jahrzehntelang wiederkehrender Albtraum. Ich sehe, merkwürdigerweise von oben, einen Bahnsteig, schwarz von Menschen. Eine pechfarbene, zischenden Dampf ausstoßende, gewaltige Lokomotive kommt auf mich zu und hält dicht neben mir. Spät im Leben erzählte ich der Mutter davon. Sie bestätigte die Erinnerung: „Ein Soldat hatte dich auf die Schultern genommen, damit dich die Menschenmassen nicht erdrückten."

Von Torgau aus geht es über den bombardierten Bahnhof und die zerstörten Gleise von Eilenburg nach Delitzsch und Halle, einem weiteren Umsteigepunkt auf der Strecke nach Seesen. Es ist unklar, wann die kleine Gruppe in Torgau eintrifft und wann sie schließlich weiterfahren kann nach Halle. Tieffliegerangriffe und Bombardierungen auf die Züge nehmen zu. Am 19. Februar erfolgt nochmals ein Luftangriff auf den Hauptbahnhof von Halberstadt, drei Tage später, am 22. Februar gegen 13 Uhr, ein weiterer Großangriff, dem 155 Menschen zum Opfer fallen. Kurz darauf werden die Züge, die gerade im Bahnhof stehen, fünfzehn Minuten lang von Tiefffliegern beschossen, erneut gibt es unzählige Tote. Der ganze Bahnhof wird verwüstet und ist in der Folge unbenutzbar. Bomben fallen auch in eine nahe gelegene Kirche, deren Trümmer viele Schutzsuchende unter sich begraben.

Hanna ist ein waches Kind. Sie spricht bereits klar und fließend, weshalb sie der Pfarrer dafür ausgesucht hatte, im weihnachtlichen Kindergottesdienst ein Gedicht vorzutragen. Sie nimmt alles auf, was um sie herum geschieht. Wie die Bilder von Tod und Verwüstung, von Verletzten, eingestürzten Bahnhöfen, schreienden Menschen. Und wie jedes Kind in lebensbedrohlicher Situation wird sie die Todesängste der Mutter wahrnehmen, von der sie sich Schutz und Beruhigung erhofft. Meine wiederkehrenden Albträume lassen jedoch vermuten, dass die Mutter, selbst in Panik, nicht imstande war, sich der Tochter in der Weise anzunehmen, wie es der verwundete Soldat getan hatte. Falls überhaupt in der Lage dazu, wird sie vor allem um den Sohn gebangt haben, der nach wie vor reglos im Kinderwagen lag und die Nahrungs-

aufnahme, wie sie später sagte, vollständig ver-
weigerte.

5

Unweit der alten Post traf ich auf die Haupt-
straße. Meiner Erinnerung nach führte sie über das
einzige Eisenbahngleis, das Rendenburg mit der
Welt verbindet. Früher war dies mein Weg zur
Volksschule. Von der anderen Seite kommend,
führte er über eine roh gezimmerte Brücke, die
man anstelle einer im Krieg zerstörten notdürftig
über dem Gleis errichtet hatte. Oft lehnte ich über
dem grob gehobelten Geländer und beobachtete
den schläfrigen Bahnhofsbetrieb. Höhepunkt war
das Warten eines Zuges auf den entgegenkom-
menden, denn nur hier, am Bahnhof von Rendenburg, konnten sie auf einem kurzen, parallelen
Schienenstück aneinander vorbeifahren.

Schon von weitem sah ich, dass es eine neue
Brücke gab, breit, mit einem glänzend polierten
Stahlgeländer, über das ich mich wie früher hinab-
lehnte. Doch Bahnhof und Lagerschuppen lagen
da wie ausgeweidete Tiere, mit toten Gleisarmen,
die ins Nichts zeigten. Die Bahnstrecke, auf der ich
mit Beginn der fünften Klasse täglich zum Gymna-

sium nach Sinte fuhr, gab es nicht mehr. Und wo einst das Gleis durch den nahen Tunnel führte, war jetzt keines mehr, und der Tunnel war zugeschüttet worden. Ein verstörender, mich geradezu bedrohender Anblick. Ein stillgelegter Bahnhof, sagte ich mir, nichts weiter. Ich wollte unbeschwert meiner Wege gehen, doch nagte etwas an mir und ließ mich so schnell nicht wieder los.

Versöhnend wärmte mir die Sonne den Rücken, während ich die steile Straße zum alten Dorf hinaufging. Vor mir der Roßberg, auf seinem höchsten Punkt, wie im Märchen, die Ruine der Rendenburg mit ihrem Rapunzelturm. In einer anderen Zeit war ich hier hunderte Male hinaufgegangen, die Burg vor Augen, weit der Blick über die karg besiedelte Senke zu ihren Füßen. Als Rendenburg ein Krankenhaus bekam, wurde es hier, außerhalb des alten Dorfes erbaut.

Es stand noch nicht lange, als ich mit meiner Freundin Marga hierher radelte, um ihre Mutter und den neugeborenen Bruder zu besuchen. Es war ein heißer, schwüler Tag. Die Wöchnerinnen stöhnten unter der Hitze. Die ersehnte Abkühlung kam in Form eines mächtigen Gewitters, kaum, dass wir auf unseren Rädern saßen, um wieder nach Hause zu fahren. Ein brüllendes Gewitter mit sintflutartigem Regen und lang anhaltendem Donnern. Wir drückten uns an ein Haus, das jedoch kaum Schutz bot. Eine Frau winkte uns herein. Es war finster geworden, und der Regen, vom Sturm gepeitscht, prasselte wütend gegen die Fenster. Die Frau fiel auf die Knie und betete laut. In unserer Angst taten wir es ihr nach. Ohrenbetäubende Donnerschläge hallten lange nach, als hinge das Gewitter fest über der Senke. Es war gespenstisch, ein Unwetter, wie ich noch keines zuvor erlebte. Erst Stunden später traten wir wieder auf die Straße in ein fahles Licht. Der Himmel war dunkel wie kurz nach einem Sonnenuntergang. Es war kalt geworden. Auf unserem langen Heimweg stand das Wasser knöcheltief auf der Landstraße. Die Mutter schien zufrieden, dass ich wieder zuhause eintraf, fragte aber nicht, wie es mir ergangen war und wo wir das Gewitter erlebten. Und die Angst, die ich ausgestanden hatte, behielt ich für mich.

Ein Netz von Straßen mit Einfamilienhäusern durchzog jetzt die Senke und den Hang bis hinauf zum Roßberg. Zwischen spärlicher Begrünung lagen Betonfelder wie Flicken, zugestellt mit Fahrzeugen. Auf der anderen Straßenseite, an der früher alte Villen schläfrig in parkartigen Gärten lagen, befanden sich nun einförmig gestaltete Reihenhäuser.

Seit Jahrhunderten führte dieser Weg hinauf ins Dorf. Jetzt allerdings nur noch in den Dorfkern, wenn ich bedachte, wie weit Rendenburg in den letzten Jahrzehnten über seine Grenzen hinausgewachsen war. Nichts war mehr so, wie es einmal war.

6

Die sowjetische Winteroffensive beginnt am 12. Januar 1945. Bis dahin stand die Front der Roten Armee aufgrund von Nachschubproblemen etwa drei Monate lang in Ostpreußen. Nun setzen die Russen von ihren Brückenköpfen an der Weichsel aus zu einer Großoffensive an, die sie binnen weniger Wochen bis an die Oder und Neiße führen wird. Auch die Verbände der 11. Flak-Division werden in schwere Abwehrkämpfe verwickelt. Dabei wirkt sich besonders nachteilig aus, dass die meisten ihrer Geschütze, dem eigentlichen Zweck entsprechend, ortsfest installiert und nicht für den Erdkampf und damit zur Panzerbekämpfung geeignet sind. Alle halbwegs beweglichen Geschütze der Division werden deshalb vom 17. Januar an zur Panzerabwehr herangezogen. Die ortsfesten Flakgeschütze kämpfen noch bis zum 28. Januar und werden dann gesprengt. Zuvor wurde die Division taktisch der 10. Flak-Division unterstellt, da diese im Erdkampf erprobter war, den Großteil ihrer Flak-Batterien aber bereits an der Ostfront verloren hatte. Beide Divisionen werden Teil der Luft-flotte 6 in Schlesien.

Inzwischen müssen die Deutschen Krakau räu-men, um der Einkesselung durch die 59. und 60. Russische Armee zu entgehen. Am 21. Januar überschreitet die 1. Ukrainische Front unter Mar-schall Konew die Reichsgrenze östlich von Breslau. Einige Tage später nimmt sie das für die deutsche Rüstungswirtschaft äußerst wichtige Industriere-vier Oberschlesiens nahezu unzerstört ein. Bis in den Februar hinein verteidigt die 10. und 11. Flak-Division die Oderübergänge im Raum Oppeln und Breslau. Die Sowjets befreien die Überlebenden des Vernichtungslagers Auschwitz, wo in einem Zeitraum von drei Jahren die Massenermordung von über einer Million Juden erfolgte. Am 23. Ja-nuar nimmt die 1. weißrussische Front Bromberg ein, am nächsten Tag die Rote Armee die Städte Oppeln und Gleiwitz.

Ende Januar steht die Rote Armee entlang der Oder und Neiße von Stettin bis Görlitz, 80 km vor Berlin. Mitte Februar setzt die 1. Ukrainische Front über die Oder und stößt bis zur Lausitzer Neiße vor. Am 17. Februar erreicht die Belorussische

Front Guben, keine 50 km entfernt von Cottbus. Alle halbwegs beweglichen Flugabwehrkanonen der 11. Flakdivision müssen zum Erdkampf herangezogen werden. Später, wahrscheinlich nachdem die deutsche Front noch weiter hatte zurückweichen müssen, befindet sich die 11. Flakdivision im Raum Mährisch-Ostrau, um die dortigen Industriegebiete zu schützen. Die letzte bekannte Gliederung vom 4. April 1945 besagt, dass die Division zu diesem Zeitpunkt noch über 40 schwere und 22 mittlere und leichte Batterien verfügt.

Am 6. Mai abends erreichen Teile der 90. US-Infanterie-Division Piseck an der Moldau. Die verbliebenen Divisionen der 6. Luftflotte, auch die der 11. Flakdivision, marschieren zwei Tage lang, um sich dort den Amerikanern am 8. Mai zu ergeben. Am 9. Mai 1945 kapituliert die deutsche Wehrmacht bedingungslos. Der Krieg ist vorüber.

Das war das schmähliche Ende einer verbrecherischen Staatsmacht, in ihrem Wahn angetreten, tausend Jahre zu überdauern. Ihre giftigen Früchte kosteten zwischen fünfundfünfzig und sechzig Millionen Menschen das Leben. Und machten Millionen andere zu lebenslang Gezeichneten.

Am 10. Mai erreichen sowjetische Truppen die Stadt; die Amerikaner übergeben ihnen die deutschen Soldaten. Diese Übergabe sollte sich für die Soldaten als tragisch erweisen. Am nächsten Tag nimmt sich der Divisionskommandeur das Leben. Offiziell ist über das weitere Schicksal der Regimenter nichts bekannt. Wie auch, die Soldaten wurden als Gefangene in die Kriegsgefangenenlager nach Russland gebracht und dort jahrelang unter lebensbedrohenden Umständen festgehalten.

Neuneinhalb Jahre später, 1954, wird der Vater in einem Antrag auf Gewährung von Entschädigung nach § 3 des Kriegsgefangenenentschädigungsgesetzes schreiben, dass der Beginn des Gewahrsams, also die Kriegsgefangennahme, am 10. Mai 1945 in Piseck an der Moldau erfolgte. Die Entschädigung fällt schmal aus. Sie reicht gerade für den Kauf einer vergoldeten Armbanduhr als Ersatz für eine goldene, die ihm bei der Gefangennahme von den Russen abgenommen wurde.

7

Am Himmel über Halle tauchen in diesen Tagen immer wieder Tiefflieger auf. Die kleine Familie ist etwa fünf bis sieben Tage nach ihrem Aufbruch in der Stadt angekommen. Von hier aus kann sie aber vorläufig nicht weiterreisen. Die Züge in Richtung Halberstadt fahren nicht, weil Bahnhof und Gleise dort nach den schweren Luftangriffen vom 19. und 22. Februar völlig zerstört sind. Auch die Alternativroute über Nordhausen ist nicht passierbar. Die Stadt erlitt zeitgleich mit Halberstadt am 22. Februar einen schweren Luftangriff und Tiefflieger nahmen, wie in Halle, in den folgenden Tagen immer wieder einzelne Straßen und Eisenbahnlinien unter Beschuss. So ist Halle voller Flüchtlinge, die festsitzen. Aus Angst vor nächtlichen Bombenangriffen verlassen die Frauen mit ihren Rucksäcken, Kinderwagen und Kindern an der Hand vorm Dunkelwerden die Stadt, um die Nächte außerhalb im Freien zu verbringen. Bei Tieffliegerangriffen wirft sich die Mutter über den Kinderwagen. Alte und Kranke, die den weiten Weg nicht mitlaufen können, schließen sich über Nacht in der Bahnhofstoilette ein, auch Großmutter. Morgens zieht es die Flüchtlinge zurück in die Stadt. Mutter muss sich um Großmutter kümmern und herausfinden, ob ein Zug in Richtung Halberstadt oder Nordhausen fahren wird.

Das geht so tage- und nächtelang, morgens in die Stadt, abends wieder hinaus. Etwa zehn Tage, in denen Mutter, Großmutter und Kinder auf diese Weise in Halle festsitzen. - Wie die Nahrungsbeschaffung und Versorgung der Kleinkinder in dieser Situation aussahen, wie die Bedingungen für die Flüchtlinge in den Nächten unter freiem Himmel in der Kälte? Wir wissen es nicht. Es war nicht möglich, darüber etwas in Erfahrung zu bringen. Vermutlich standen ihnen aber wenigstens tagsüber die Kirchentüren offen.

Eines Abends, auf dem Weg aus der Stadt hinaus, winkt eine mitleidige Frau die Mutter zu sich ins Haus, in die Waschküche. Sie lässt sie die Nacht dort verbringen und wärmt etwas Milch auf für die Kinder, die Paul aber verweigert. Noch immer liegt er reglos und mucksmäuschenstill in seinem Kinderwagen.

Am 27. Februar, zehn bis zwölf Tage, nachdem die kleine Gruppe von zuhause aufbrach, überschütten 717 amerikanische Bomber das Stadtgebiet von Leipzig mit fast 2000 Tonnen Bomben. Und zur selben Uhrzeit erleidet nun auch Halle einen schweren Luftangriff, bei dem 724 Tonnen Bomben vor allem auf das Bahnhofsgelände und den Süden der Stadt fallen. Tagelang wüten Brände, Strom- und Wasserversorgung fallen zum Teil für längere Zeit aus. Alarm ergeht um 12.30 Uhr, ganz knapp vor Angriffsbeginn. Diesmal fallen die Bomben bereits, bevor der größte Teil der Bevölkerung seine Wohnungen verlassen konnte, um in die Bunker zu flüchten. Mutter wird zuerst die schwerfällige Großmutter zum Bahnhof begleitet haben, wo sie Schutz in der Bahnhofstoilette sucht, dann verlässt sie Hals über Kopf mit den Kindern die Stadt, während die ersten Bomben schon fallen und die begleitenden Tiefflieger Jagd auf die flüchtenden Menschen machen. – Es muss eine Erinnerung in mir geben, die mich bis vor wenigen Jahren regelmäßig als nächtlicher Albtraum heimsuchte. Ich sehe am Horizont eine endlose, in Rauten geordnete Bomberformation auftauchen, die langsam, aber unaufhaltsam auf mich zukommt und bald den ganzen Himmel ausfüllt. Ich höre das monotone Motorengeräusch, das beharrlich anschwillt zu unheilverkündendem Dröhnen. Entsetzliche Angst überfällt mich, es gibt keinen Schutz, keine Möglichkeit, sich irgendwo unterzustellen. Ich spüre die Panik der Mutter. Ich möchte weinen. Aber ich muss brav sein.

Die Mutter, im Schock erstarrt, ist offenbar nicht erreichbar für die Not des Kindes. Im Gegenteil, ihr Zustand stürzt es in noch größere Verzweiflung. Erst am nächsten Tag wagen sich die Flüchtlinge zurück in die Stadt. Wohin sie schauen, Brände, Zerstörungen, Tote und Verletzte, die Suche nach Verschütteten. Auch der Bahnhof, schwer getroffen, ist eingestürzt. Helfer suchen nach Überlebenden. Mutter befürchtet das Schlimmste für Großmutter. Doch das Wunder geschieht, und sie wird lebend und äußerlich fast unverletzt geborgen.

Wie lange es dauerte, bis nun in Halle die Zerstörungen von Bahnhof und Gleisen soweit behoben waren, dass Züge wieder fuhren, ist nicht bekannt. So wenig wie die Antwort auf die Frage, welche Strecke zuerst wieder freigegeben wurde, diejenige über die zerbombten Bahnhöfe von Halberstadt oder Nordhausen. Letztere wäre länger und umständlicher gewesen mit mehr Umsteigeaufenthalten. Sicher ist, dass Mutter, Großmutter, Paul und Hanna eine Woche später Seesen erreichten und mit Wirkung vom fünften März behördlich gemeldet wurden.

Als die Flüchtlinge eintreffen, ist das großelterliche Haus mit Verwandten, die sich vor den Bombennächten im Rheinland hierher in Sicherheit gebracht hatten, bereits überbelegt. Kein Platz mehr für die Tochter, die Kinder, die Schwiegermutter. Nachts schläft die Mutter auf dem Küchentisch, die Kinder in den Schubladen einer Kommode. Mutter hat die Sprache verloren, ihr Körper streikt. Vier Monate spricht sie kein Wort, ein halbes Jahr setzt die Regelblutung aus. Großmutter, vollkommen zerrüttet, stirbt nach kurzer Krankheit in einem Militärhospital und wird zunächst in Seesen beigesetzt. Drei Jahre später wird ihr Sarg ins Rheinland überführt. Hanna erkrankt an Scharlach, Paul an Lungenentzündung.

Am 9. April marschiert die 9. Amerikanische Armee in Seesen ein.

8

Der Gefangennahme der Soldaten folgt ein ta-
gelanger beschwerlicher Fußmarsch in ein Durch-
gangssammellager, den viele der erschöpften oder
verwundeten Soldaten nicht überleben. Nach einigen Tagen im Lager erfolgt der Eisenbahntrans-
port ins eigentliche Kriegsgefangenenlager nach
Krasnodar im Kaukasus. Auf diesem etwa zwei
Wochen dauernden Transport gehen noch einmal
ein Viertel bis ein Drittel der Soldaten an Erschöp-
fung und Hunger zugrunde. In die mit Stroh ausge-
legten Viehwagen werden, je nach Größe, jeweils
dreißig oder sechzig Soldaten hineingepfercht. Als
WC dient ein Loch im Fußboden. An der Decke gibt
es eine kleine Öffnung zur Ventilation, sie ist mit
Stacheldraht verschlossen. Tag und Nacht kommen die Posten und zählen nach, Tote werden
herausgeholt. Zeugen beschreiben die elf Tage
und Nächte, in denen es jeden Tag nur hundert
Gramm trockenes Brot und nichts zu trinken gibt.
Tagsüber ist es heiß. Der Durst bringt die Männer
dazu, die kühlenden Wagonwände abzulecken. Bei
einem Gewitterregen zwängen sie den Kochge-

schirrdeckel durch den Stacheldraht, um etwas Regen aufzufangen. Die meisten Soldaten sind so geschwächt, dass ihnen beim Aufrichten schwarz wird vor Augen.

Die Fahrt geht über Budapest und Bukarest nach Konstanza. Dann mit dem Schiff über das Schwarze Meer nach Noverosisk im Kaukasus. Das Wetter hat sich verschlechtert, es ist stürmisch. Die meisten Soldaten sind seekrank. Kleinere Boote verschwinden zeitweise zwischen Wellenbergen, schwere Böen peitschen Gischt übers Deck. In der Ferne ist undeutlich die Krim zu sehen. In Noverosisk angekommen, verbringen die Soldaten vier Tage unter freiem Himmel bei täglich hundert Gramm hartem Weißbrot und Suppe. Ein Güterzug transportiert sie später zum Endziel Krasnodar, wo die russischen Offiziere auf einen Schlag sechshundert Soldaten unterbringen müssen.

Das Lager, von Stacheldraht umgeben und von bewaffnetem sowjetischen Personal bewacht, liegt am Kuban, zweihundertfünfzig Kilometer südlich von Rostow. Es besteht aus sechzehn Teillagern und diese wiederum aus Erdbunkern, Zelten, Baracken, Kellern des ehemaligen Za-

renschlosses sowie der Ruine der einstigen Kriegsschule und einem heruntergekommenen früheren
Fabrikgebäude. Die Belegungsstärke reicht von
fünfhundert bis zu zweitausend Gefangenen je
Teillager. Es sind elende Verhältnisse, egal, wo
einer untergebracht wird. So auch in der Ruine
der einstigen Kriegsschule, genauer gesagt, der
ehemaligen Kadettenanstalt, der der Vater zuge-
wiesen wird. Offene Fensterhöhlen, rauer Ze-
mentboden, nackte, ungehobelte Bretter als Lat-
tenroste in den verwanzten Bettgestellen, keine
Matratzen, keine Decken. Die Folge für die Männer
sind blaue Flecken am ganzen Körper. Läuse und
Wanzen lassen an Schlaf nicht denken. Die Gefangenen werden bald versuchen, sich nachts mit
Zeitungspapier gegen die Kälte zu schützen. Es
werden ihnen die Köpfe geschoren, sie bekommen
Spritzen in Rücken und Arme. Jeder erhält eine
Unterhose, ein Unterhemd, Gummigaloschen, Fußlappen, eine abgetragene Hose und Jacke. Die sa-
nitären Verhältnisse im Lager sind unvorstellbar.
Für tausend Gefangene ist nur ein Wasserhahn
vorhanden. Zeitweise gibt es weder Wasser noch
Seife.

Klimatisch liegt Krasnodar in einem Malariage-
biet mit kurzen, regnerischen Sommern und kal-
ten, schneereichen und stürmischen Wintern mit
starken Temperaturschwankungen. Es gibt nasse
Übergangszeiten, wie die Schlammzeiten im
Herbst und Frühjahr. Dem sind die Gefangenen bei
unzureichender Kleidung und nur mit Fußlappen
bekleidet ausgesetzt. Auch bei Regen müssen sie
weiterarbeiten. Erst ab minus 25 Grad werden Arbeiten im Freien meistens eingestellt. Zu den Ein-
satzorten marschieren sie oft lange Strecken und
arbeiten stundenlang bei schneidender Kälte oder
durchnässendem Regen, bei entsprechenden Arbeiten auch im Schlamm. Und das jeden Tag.

Die Verpflegung ist katastrophal. Es herrscht
extremer Hunger in den Lagern. Aus russischen
Archiven geht hervor, dass sich die sowieso schon
äußerst schlechte allgemeine Ernährungslage Ende 1946 noch weiter zuspitzt. Der russische In-
nenminister Kruglov sieht sich gezwungen, den
Ausnahmezustand zu verhängen. Überprüfungen
zeigen das ganze Ausmaß der erschütternden Situation für die Lagerinsassen. Der Ausnahmezu-

stand kann erst nach einem dreiviertel Jahr wieder aufgehoben werden.

Verglichen mit Kriegsgefangenen in den westlichen Gewahrsamsländern sind die Bedingungen in den russischen Lagern ungleich härter. Bis spät ins Jahr 1948 ist jeder Gefangene in existentieller Weise vom Hunger betroffen. Das umfasst den gesamten Zeitraum, den der Vater dort verbrachte. Im Zustand der Auszehrung müssen die Männer in ungewohntem Klima schwerste körperliche Arbeiten verrichten. Darüber hinaus leben sie von der Gefangennahme bis zur Entlassung in einer Welt hinter Stacheldraht. Insgesamt vier Millionen deutsche Soldaten des zweiten Weltkriegs sind in russische Kriegsgefangenschaft geraten, davon sterben 1,1 Millionen in den Lagern an Hunger, Entkräftung und Krankheiten, wie Malaria, Ruhr, Erfrierungen, Lungenentzündungen, Darmkrankheiten und Tuberkulose. Sie sind dem Hunger, oder vielmehr dem langsamen Verhungern, noch erbarmungsloser ausgeliefert als die Menschen in der Heimat zu dieser Zeit. Ihre Leiber sind aufgequollen, die trockene Haut hängt an den Gliedern wie Lappen. Das Gesicht beherrschen die großen feuchten Augen. Sie bewegen sich nur langsam und schleppend. Für diese Form der Auszehrung führen russische Ärzte die Bezeichnung „Dystrophie" ein. Sie ist die am deutlichsten sichtbare und mit ihren körperlichen und seelischen Folgen bedrohlichste Krankheit in den Kriegsgefangenenlagern der Sowjetunion.

Aber auch die sowjetische Zivilbevölkerung erduldet aufgrund der allgemeinen Versorgungslage in dieser Zeit ärgste Entbehrungen. Und es ist daran zu erinnern, dass russische Kriegsgefangene in den nationalsozialistischen Lagern noch grausamere Existenzbedingungen ertragen mussten und die Hälfte der sowjetischen Gefangenen darin umkam.

9

Auch nach der Aufhebung des Ausnahmezu-
stands bleibt die Hungersituation in den russischen
Lagern hoch dramatisch. In ihrer Verzweiflung
durchwühlen die Gefangenen Abfallhaufen und
Mülltonnen, essen alles, was irgendwie essbar
erscheint, Hunde, Katzen, Schildkröten, Eidechsen,
Schlangen, Mäuse, Engerlinge. In der ganzen Umgebung ist kein Hund und keine Katze mehr zu
finden. Tabus werden gebrochen, selbst Kot auf
essbare Bestandteile untersucht. Und angesichts
des drohenden Hungertods wird auch das letzte
Tabu gebrochen. Nachts Gestorbenen oder auf
den Feldern Erfrorenen werden Fleischstücke aus
den Gesäßteilen herausgeschnitten, berichten
Heimkehrer. Sie betonen aber auch, die Sowjetunion habe sich immer bemüht, die deutschen
Gefangenen vor dem Hungertod zu bewahren und
sie möglichst in gleicher Qualität und mit gleichen
Nahrungsmengen zu versorgen wie die eigene
Bevölkerung.

Der tägliche Tod von Mitgefangenen ist Alltag in den Lagern. Sie gehen ganz unauffällig an Hunger, Entkräftung oder einer leichten Infektion zugrunde. Dem voraus geht ein apathisches Dahindösen und ein grenzenloses Schlafbedürfnis, Anzeichen für das letzte Stadium der Dystrophie. Die Hoffnung zu überleben schwindet bei den meisten Lagerinsassen. Falls überhaupt Gefangene nach Hause entlassen werden, dann wegen ihres erbärmlichen Gesundheitszustands. Also nur, wenn aus Sicht der Lagerärzte keine Hoffnung auf Besserung besteht und die weitere Verwendung als Arbeitskraft nicht mehr zu erwarten ist. Dieses Verfahren gilt bis Ende 1948, also noch über die Zeit hinaus, die der Vater im Lager verbringt. Hier wird deutlich, dass der Vater im April 1948 entlassen wurde, weil keine Aussicht auf Besserung seines Zustands und Wiederherstellung seiner Arbeitskraft zu erwarten war. Erst 1949 verbessert sich die Ernährungslage für die Gefangenen.

Die verheerenden Zustände in den russischen Lagern und die Langzeitfolgen der Dystrophie werden später, vor allem zu Beginn der fünfziger Jahre, umfangreich beschrieben. Meistens von

Ärzten, die selbst lange Zeit in den Lagern ver-
brachten. Neben den körperlichen stehen haupt-
sächlich die seelischen Folgen mit anhaltenden
Belastungsstörungen und Wesensveränderungen
im Mittelpunkt. Das damalige Gesundheitssystem
beziehungsweise dessen ärztliche Repräsentanten
und Gutachter stellen dies jedoch vehement in
Abrede. Ihrer Auffassung nach reagiere nur, wer
schon immer und von Natur aus schwach (also
genetisch „minderwertig") sei, in dieser Weise auf
die geschilderten Umstände. Mit anderen Worten,
die Heimkehrer selbst sind verantwortlich für die
gesundheitlichen Folgen von Krieg und Gefangenschaft. Eine Doktrin, die von den tonangebenden
Psychiatern bereits während des ersten Weltkriegs
vertreten und im zweiten ausgebaut und zuge-
spitzt wurde. Damit bleibt den Heimkehrern die
Anerkennung ihrer Leiden und lebenslangen Einschränkungen verwehrt. - Erst 2009 erscheint die
Habilitationsschrift der Historikerin Svenja Goltermann mit einer minutiösen Aufarbeitung dieses
düsteren Kapitels der Kriegs- und Nachkriegszeit.
Sie zeigt darin die „herrschende Lehre" der verantwortlichen psychiatrischen Experten, ihre Ar-

gumentationsketten und das rigide Festhalten am vermeintlich einzig verantwortlichen Erbfaktor unerbittlich auf. Im Kern der Lehre steht die Annahme, dass der menschlichen Belastungsfähigkeit auch im Falle furchtbarster Kriegs- und Hungererfahrungen kaum Grenzen gesetzt seien. Wenn dennoch körperliche und seelische Störungen aufträten, handele es sich bei den Betroffenen um psychopathische Persönlichkeiten, das heißt, um eine anlagebedingte „Minderwertigkeit". Dieser Argumentation zufolge konnte es auch keine Langzeitfolgen aufgrund des Erlebten geben. Denn eine exogene, also durch äußere Einwirkung hervorgerufene Schädigung, widersprach grundsätzlich der vorherrschenden Lehrmeinung, die von der vermeintlichen Unerbittlichkeit des Erbfaktors geradezu besessen war.

Erst viele Jahre später begannen im Teilbereich der inneren Medizin erste kritische Hinterfragungen der herrschenden Lehre. Ausgelöst wurden sie durch die beobachteten Spätfolgen der Dystrophie, die die Internisten wesentlich auf die außerordentlich schweren physischen und psychischen Belastungen während der Gefangenschaft zurückführten. Das war eine Herausforderung für die gesamte Medizin. Sie war nun aufgefordert, die Bedeutung äußerer Faktoren für die Entstehung körperlicher und seelischer Beschwerden grundlegend neu zu bewerten.

10

Die Straße hinauf ins Dorf war tatsächlich so schmal und steil wie in meiner Erinnerung. Ich sah mich hier an einem drückend heißen Tag hinaufgehen. Die Luft stand still, kein Blatt bewegte sich, die Natur hielt den Atem an. Die Straße war staubig, die Luft schwer vom blühenden Flieder in den Gärten. Bäume warfen rundliche Schatten auf den Weg. Oben empfing mich das kühlere Halbdunkel zwischen den eng beieinander stehenden Häusern. Ein kleiner Platz öffnete sich davor. Ein verwittertes Hoftor, grobe Pflastersteine in gleißender Sonne, auf denen sich eine verletzte Biene dahinschleppte. Vorsichtig schob ich sie mit einem Stöckchen in den Schatten, unter das Tor.

Auch jetzt betrat ich das Dorf durch dieses Gässchen. Vor mir der kleine, kopfsteingepflasterte Platz, dahinter der Blick in die Lodergasse. Lag da wie immer schon. Hatte Jahr um Jahr hier so weiterexistiert, während ich weit weg und abgeschnitten davon war. Sie wiederzusehen trieb mir die Tränen in die Augen. Aber nur einen Moment lang, dann wusste ich wieder, ich war hier nur eine Fremde. Eine, die nicht hierher gehörte, und die hier keiner mehr kannte. Zwei Kinder liefen an mir vorüber, stießen eine leere Getränkedose vor sich her. Die Sonne vergoldete die jahrhundertealten Häuser vor mir, die, dichtgedrängt, mit ihren spitzen Giebeln an der Gasse standen. Ein Postkartenanblick. Wie auf alltäglich vertrautem Boden ging ich hinüber, das Bild auf der Netzhaut identisch mit einem, das in mir noch immer bereitgelegen hatte.

Ungewohnt viele Menschen drängten sich in den Gassen, die früher meist wie ausgestorben dalagen. Touristen, dachte ich, denn mir fiel ein, dass das Dorf inzwischen unter Denkmalschutz stand. Ich mischte mich unter diese Müßiggänger, ging durch als eine von ihnen. Doch ging ich nicht durch dasselbe Rendenburg wie sie. Ich sah das Dorf von damals, oder vielmehr, ich suchte es. Ich suchte die Zeichen, die geblieben waren, suchte die Stille von früher. Schwierig angesichts dieser eindrucksvoll restaurierten, jetzt so feinen Häuser. Aber etwas trieb mich wie ein Tier, das Witterung aufgenommen hat. Ich suchte eine Spur, meine Spur, ohne zu wissen, wie und wo.

Ich wandte mich den kleinen, bescheideneren und von den Besuchern eher gemiedenen Gassen zu. Jeder Winkel hier war für mich mit Erinnerungen an Menschen und Erlebnisse verbunden, an Geschichten. Da gab es das Café noch genauso, wie es schon immer hier existierte. Häuser, in denen Mitschüler und Mitschülerinnen lebten. Erinnerungen an einen Klassenkameraden, der zur selben Zeit wie ich zum Gymnasium wechselte. Unsere Züge begegneten sich früh morgens am Bahnhof Rendenburg. Seiner brachte ihn nach Benden zum Jungengymnasium, mich der andere in die entgegengesetzte Richtung zur Klosterschule nach Sinte. Wo ich gleich zu Beginn auffiel, weil ich einen der gebohnerten Korridore als Rutschbahn nutzte und geradewegs vor den Füßen der Schwester Oberin landete.

Früher waren das Milchgeschäft und der Bäcker die einzigen Geschäfte in der Langen Straße. Nun fand sich hier stattdessen eine Fülle kleiner Läden, die vom Andenken bis zum Seidenschal alles anboten. Am Haus des Friseurs, der einst meine langen

Haare abschnitt, glänzte ein poliertes Messing-
schild mit der Aufschrift „Coiffeur". Ich verließ die
Lange Straße und wandte mich wieder einer der
kleinen Gassen zu. Für einen Moment schien mir,
ich hätte nun doch mein Kindheitsparadies wie-
dergefunden. Aber ich wusste nur zu gut, dass es
so nicht gewesen war, denn das Leben hier hatte
nichts Paradiesisches. Armut, vernachlässigte Häuser, abgefallener Putz, Misthaufen hinter den Häusern, auf die aus den oberen Stockwerken heraus
die morgendliche Nachttopfleerung fiel. Karges
Leben, auch sieben Jahre nach dem Krieg. Und
nun die aufwändig sanierten Fassaden, die stilge-
treu ersetzten Fenster und Türen, Geranien auf
den Simsen. Viel Hochglanz. Rendenburg war fein
geworden und das Leben hinter den Fassaden sicher teuer. Mochte es so auf eine andere Weise
schön sein, ich suchte den weltabgeschiedenen,
verschlafenen Ort meiner Kindheit. Die neue
Schönheit hatte das Karge verschwinden lassen,
das einst hier herrschte. Wie der harte Alltag in
den Elternhäusern meiner Mitschüler, deren Leben
bestimmt war von Schicksal und dem Denken in
Generationen. Strukturen, die Sicherheit und Ge-

borgenheit gaben, meinen Eltern jedoch eng und rückständig erschienen. Ich aber beneidete die Mitschüler. Um die Großmütter, die das Brot mit knotigen Händen vor der Brust schnitten, die stoische Ruhe der Mütter, mit der sie ihren harten Alltag bewältigten, das Gleichmaß, in dem sie lebten, die Traditionen, die alle vereinten.

Auf einmal verstand ich, was mir bis dahin gar nicht bewusst war. Du hättest gerne dazugehört. Suchtest Wärme und Geborgenheit in diesem Engen. Vielleicht auch Trost. Eine kindliche Eingebung, kein bewusster Gedanke. So konnte sich Hanna auch keine Rechenschaft geben über diese Sehnsucht. Auch nicht über den Mangel, denn, soviel lässt sich heute sagen, Mangel gab es. Mangel an liebevoller elterlicher Einfühlung, an Sensibilität für die Nöte und Bedürfnisse der Kinder. Äußerlich gut versorgt, waren sie seelisch mit Vielem alleingelassen, für das sie die Unterstützung der Eltern gebraucht hätten. Hanna war das nicht bewusst, sie hatte keinen Vergleich, fühlte sich aber manchmal traurig und verlassen. Doch sie hatte gelernt zu funktionieren, die Mutter zu unterstützen, Pflichten zu übernehmen und zuverlässig zu erfüllen. Da war die kleine Schwester, drei Jahre nach der Heimkehr des Vaters geboren, die es galt, mitzuversorgen. Das beinhaltete mitunter den Windelwechsel ebenso, wie das Baby zu füttern, aber auch mit dem Bruder zusammen das Putzen der Schuhe für die ganze Familie, Einkaufen im Dorf, Feuerholz sammeln im Wald. Und doch blieb noch Zeit für kreative Unternehmungen mit Nachbars Kindern draußen in der Natur. Was sich allerdings für Hanna mit dem Wechsel zum Gymnasium schlagartig änderte.

11

Es erstaunt mich, wie richtig Hanna damals erfasste, dass die heimischen Familien hier etwas besaßen, was ihr selbst fehlte. Eine Art heilende Essenz würde ich es heute nennen, die es in der eigenen Familie so nicht gab. Vielleicht erklärt das die Sehnsucht, mit der ich stets an Rendenburg zurückdachte, und verweist auf die Bedeutung, die diese Menschen und der friedliche Ort für das Kind damals hatten. Ohne, dass es davon wusste. Hier, so schien es ihm, wurde gelebt, als habe der Krieg nie stattgefunden. Und von den Lücken, die sicher auch in diese Familien gerissen wurden, sahst und ahntest Du nichts. Du kamst aus einer Trümmerödnis, fandst hier diese unzerstörte Welt. Das Leben dieser Menschen verlief scheinbar ungebrochen. Schon immer lebten sie in ihrem angestammten Umfeld, in Häusern, die seit Jahrhunderten vom Vater auf den Sohn kamen. Sie hatten nicht ihr Zuhause verloren, wurden nicht von Tieffliegern angegriffen oder unter freiem Himmel bombardiert. Erlebten nicht, wie der Himmel einstürzte, sahen nicht die Toten, Verletzten, die brennenden Häuser, eingestürzten Kirchen, verwüsteten Bahnhöfe. Sie lebten den ewig gleichen wiegenden und bergenden Rhythmus von Jahreszeiten und Generationenfolge. Festgefügtes, haltgebendes Leben, das, was die Mutter als „eng" bezeichnete. Doch Du suchtest Trost und Beruhigung. Hattest Dinge miterlebt, die selbst die Mutter veränderten. Deine Kinderseele sehnte sich nach dem Gleichbleibenden, nach der Ruhe, die von diesen Müttern ausging, der Selbstverständlichkeit, mit der sie ihren harten Alltag lebten, eingebettet in die immer gleichen Rituale. Strukturen, die Dir Sicherheit und Geborgenheit versprachen.

Nichts davon in der eigenen Familie. Mutter und Kinder verloren ihr Zuhause, flohen unter gefährlichsten Umständen, erlebten Grauenvolles. Mit dem Mut der Verzweiflung kämpfte die Mutter wie eine Löwin, um ihre Kinder, die Schwiegermutter und sich selbst durch die Hölle zu führen und am Leben zu erhalten. Und vier Jahre später war nun der Vater als ein an Leib und Seele schwerkranker, arbeitsunfähiger Mann aus langer Gefangenschaft heimgekehrt. Statt der erhofften Normalisierung der Lebensumstände begannen für die

Eltern unsichere Zeiten voller Sorgen. Herausgerissen aus ihrem früheren Leben und den damaligen Lebensperspektiven waren sie in großer Sorge um die materielle Versorgung der Familie.

Es gibt ein Bild in mir davon, wie der Vater aus dem Krieg heimkehrte. Eines Abends sitzt er mit uns am Tisch, und die Mutter fragt: wer ist das wohl? Ich schaue auf das Foto an der Wand und sage: wenn das der Vati ist (zeige auf das Foto), dann ist das auch der Vati (zeige auf den Vater). Er hat mich dafür geliebt, das spürte ich. Doch konnte ich nicht ahnen, wie sehnlichst er sich wünschte, die Beziehung zu seiner Tochter da fortzusetzen, wo er sie im September 1944 verlassen musste. Und das Kind hatte keine Erinnerung an ihn und wusste nicht, dass er ihm ein so zugewandter und liebevoller Vater gewesen war. Auch davon, dass er als ein so schwer Beschädigter zurückkam, ahnte das Kind nichts. Die Eltern sprachen nicht darüber.

Trotz seines schlechten Zustands hatte der Vater schon vier Monate später einen Arbeitsplatz bei einer kleinen Firma im Ruhrgebiet gefunden. Die Familie zog zunächst in eine Stadt in der Nähe und lebte dort in einem einzigen Raum von der Fläche einer Garage. Wasser und WC über den Hof. In dieser Stadt wurde Hanna eingeschult. Ein halbes Jahr später fand sich eine Wohnung direkt am Arbeitsort des Vaters. Hanna wurde umgeschult. Die neue Wohnung lag in einem halbzerbombten Haus mit feuchtem Mauerwerk und fehlendem Treppenhaus. Eine notdürftig gezimmerte Außentreppe führte in den ersten Stock. Es war keine Arbeit in seinem Beruf als Maschinenbau-Ingenieur, die der Vater gefunden hatte. Das konnte sich zu dieser Zeit niemand aussuchen. Schreibtischarbeit, Kalkulationen, Buchhaltung, was gerade anfiel. Ein Drei-Mann-Betrieb. Arbeitszeit zwölf bis vierzehn Stunden täglich, sechs Tage die Woche. In jämmerlicher Verfassung, äußerlich ein alter Mann, schrie er nachts im Schlaf, weckte Frau und Kinder auf. Konnte sich nicht konzentrieren, hatte Gedächtnislücken. Stoffwechsel, Verdauung und Nahrungsverträglichkeit hatten sich noch nicht wieder normalisiert. Seine gesamte Leistungsfähigkeit war weiterhin stark eingeschränkt.

Ich weiß, wie ich als Kind seine innere Not spürte und das Schreckliche erahnte, das er erlebt hatte. Und wie froh ich war, dass er nicht auch noch darüber sprach. Zwar gab es Momente, in denen er – emotionslos und wie ausgestanzt aus dem großen Ganzen - doch einiges erwähnte. Die Lagerärztin, die ihm mit Hilfe einer Eigenblutübertragung das Leben rettete, Russen, die selber nichts hatten und ihm bei der Arbeit auf dem Feld Essbares zusteckten. Dass er sich nachts gegen die Kälte in Zeitungspapier wickelte. Die russischen Firmen, die sogar noch nach Kriegsausbruch ihre Außenstände bei der deutschen Firma beglichen, für die er damals tätig war.

Besonders deutlich erinnere ich mich an seine Angstträume, aus denen er in der ersten Zeit nach seiner Heimkehr oft schreiend aufschreckte. An die Mutter, die versuchte, uns Kinder zu beruhigen, indem sie Lügen erfand von einem Mann, der draußen herumirre. Die geringe Belastbarkeit des Vaters. Die Sorgen um den Erhalt des Arbeitsplatzes. Den Kampf ums ökonomische Überleben begriff ich erst Jahre später. Ebenso wie seine schlechten Chancen auf dem Arbeitsmarkt als nicht mehr junger Mann, der krank aus der Gefangenschaft heimkehrte.

Und es kam, wie es kommen musste. Der Chef war unzufrieden, wollte ihn entlassen. Die Chefin intervenierte. Doch der Vater suchte und fand schließlich im Sommer 1950 einen anderen Arbeitsplatz in Rendenburg, als Ingenieur, gut bezahlt für die damaligen Verhältnisse. Es dauerte aber noch zwei Jahre, bis eine Wohnung frei wurde und die Familie nach Rendenburg umziehen konnte.

12

Mit dem neuen Arbeitsplatz begann eine andere Zeit für die Familie. Der Umzug verzögerte sich zwar noch, aber die finanziellen Verhältnisse verbesserten sich und die Zukunft sah wieder rosig aus. Voller Zuversicht erwarteten die Eltern die vollständige Genesung des Vaters. Er hatte etwas zugenommen, was ihn wohler erscheinen ließ. Die nächtlichen Albträume traten in den Hintergrund. Auch die übrigen Belastungsstörungen zeigten sich nicht mehr so akut.

Beide Eltern waren begabte Klavierspieler. Als junge Frau bat man die Mutter gelegentlich, als Klavierbegleitung einzuspringen, etwa bei Kino-Stummfilmen, hin und wieder aber auch im Konzertsaal. So eines Tages als Begleiterin der jungen Sängerin Elisabeth Schwarzkopf, auf Konzerttournee in der Gegend. Die Mutter war in der Lage, ihr völlig unbekannte Noten ohne Mühe sofort vom Blatt zu spielen. Sie liebte Chopin, seine Préludes und Walzer, auch Liszt. Manchmal spielten die Eltern vierhändig, sie waren hinreißend zusammen.

An Heiligabenden sang ich, von der Mutter begleitet, stimmungsvolle Weihnachtslieder, die wir beide zuvor geübt hatten.

Die Mutter sehnte sich nach Unterhaltung,
wollte nachholen, was während des Krieges und
der frühen Nachkriegszeit nicht möglich war. In
den ersten Jahren nach der Heimkehr des Vaters
bildete sich schnell ein kleiner Kreis Gleichgesinn-
ter um sie herum. Man unterhielt sich, man spielte
Klavier, oft bis in die Nächte hinein. Wir Kinder
lagen nebenan in unseren Betten und versuchten,
das Einschlafen möglichst lange aufzuhalten. Vor
allem, als der Vater schon in Rendenburg arbeitete
und nur an den Wochenenden zuhause war, ging
es unter der Woche gesellig zu. Die Mutter spielte
Klavier und unterhielt die Gäste. So saß sie eines
Abends, hochschwanger, noch am Klavier, während die Wehen bereits eingesetzt hatten. Sie
spielte, bis die Hebamme sie energisch wegführte
mit dem Bemerken, das Kind werde sonst am Klavier geboren. Die Gäste gingen nach Hause, Paul
und ich bekamen am nächsten Morgen den Auftrag, auf dem Weg zur Schule die Nachricht von
der Geburt der Schwester auszutragen. Sie war

das Wunschkind des Vaters, der unbedingt das Aufwachsen wenigstens eines seiner Kinder miterleben wollte.

Die Gassen in Rendenburg verlaufen parallel und quer zueinander. Auch letzte Sonneninseln in ihnen waren jetzt verschwunden. Bläuliche Schatten schoben die Häuser noch enger aufeinander, verwischten den Hochglanz. In einer Hausnische ein Café, zwei kleine Tische davor. Ich setzte mich gegen die noch sonnenwarme Wand. Die Müßiggänger waren fort, es war still in der kleinen Straße. Meine Gedanken gingen zurück zu einem trüben Tag, dem Geruch kochender Speisen in menschenleerer Gasse. Nur ich allein unterwegs. Sollte etwas umtauschen im Dorf für die Mutter. Ging langsam, trödelte herum, wollte das Unangenehme hinauszögern. Fürchtete mich vor dem unfreundlichen Ladenbesitzer und davor, die Mutter zu enttäuschen, falls es mir nicht gelang, den Auftrag in ihrem Sinne zu erledigen.

Ich fischte nach dem Smartphone in meiner Handtasche, in der ich seit jeher viel zu viel mit mir herumtrage, um mit meinem Mann zu sprechen. Wie umständlich das Telefonieren hier früher war und wie selten die Anschlüsse! Ich habe noch die Telegrafenmasten an den Landstraßen und Schienen vor Augen, Porzellanköpfe wie fette Spatzen auf ihren gespreizten Armen. Oder den endlos sich wiederholenden Rhythmus von aufsteigender und abfallender Leitung vor den Eisenbahnfenstern, während ich jetzt jederzeit und von jedem Punkt aus so einfach telefonieren konnte.

Langsam begreife ich, wie immens wichtig das berechenbare dörfliche Leben für das Kind damals war. Im Gegensatz zur Mutter war es hier am richtigen Ort, wo es Ruhe gefunden hatte. Doch davon wusstest Du nichts. Nichts, was Du hättest aussprechen können. Du kanntest die Klagen der Mutter über das Leben hier am Ende der Welt, wie sie es nannte, dem Du nichts Eigenes entgegenzusetzen hattest.

Rendenburg war damals das Zentrum einer stillen, dünn besiedelten Landschaft. In dieser Einsamkeit, fünfundvierzig Gehminuten außerhalb, lebte die Familie. Ein gezwungenermaßen stark von der Natur beeinflusstes Leben, das mit seiner Monotonie von sich scheinbar endlos aneinander reihenden Jahreszeiten wie ein Schutzwall wirkte gegen das Grauen, welches das Kind erlebt hatte. Ebenso wie die unbeschwerten Spiele mit den Nachbarkindern in der Landschaft. Es gab keine Beschränkungen, die Kinder eigneten sich den Raum an und lebten mit dem, was die verschiedenen Jahreszeiten möglich machten. Hier erlebte ich ein Gefühl grenzenloser Freiheit. Und meine Liebe zur Natur nahm vermutlich hier ihren Anfang.

Das kleine Haus, in dem die Familie lebte, stand mit fünf, sechs anderen einsam an bewaldetem Hang, oberhalb einer kaum befahrenen Straße. Jenseits der Straße lag ein Weiher, der den Kindern im Winter als riesige Eislauffläche diente. Im Sommer allerdings war er das entschieden verteidigte Eigentum der Schnaken. Diese Landschaft und die Freiheit, die sie bot, gehören zu meinen tiefsten und erfüllendsten Kindheitserinnerungen. Im Gegensatz zur allseits herrschenden Zerstörung, aus der die Familie kam - ausgebrannte Ruinen, Trümmer, in denen Menschen hausten, behelfsmäßig wiederaufgebaute, im Winter feuchte Wohnungen, das Elend der Flüchtlingsfamilien in zum Teil dunklen, engen Hinterhöfen, wo sie in

Stallungen lebten, die früher den Nutztieren vor-
behalten waren – war dies eine heile Welt und das
Haus der Familie ein intaktes Haus, in dem es eine
Toilette und eine Waschküche gab

Hier in Rendenburg war es viel stiller um die
Familie herum, was der Mutter gar nicht guttat, so
beurteile ich das heute. Vermutlich geht ihr Wort
vom Nest am Ende der Welt auf diese Situation
zurück. Und in der Tat lebte sie noch nicht einmal
direkt in diesem Nest, sondern eine weitere dreiviertel Stunde Fußweg abseits davon. Öffentliche
Verkehrsmittel gab es nicht und fast niemand be-
saß ein Auto. Dennoch fand sich mit der Zeit auch
hier ein kleiner Freundeskreis.

13

Es kam die Zeit, in der sich in die Hoffnung auf Genesung des Vaters Zweifel schlichen. Nicht, dass ich davon gewusst hätte. Doch erinnere ich mich an die Fünftausendmeterläufe, mit denen er eines Tages begann, offenbar in dem Versuch, seine Belastbarkeit zu erhöhen. Ein Foto aus dieser Zeit zeigt ihn blass und aufgedunsen im Gesicht. Ein Zeichen, dass der Körper noch immer Wasser einlagerte als Folge langanhaltenden schweren Hungerns.

Ohne Erinnerung an einen Vater aus der Zeit vor seiner Einberufung kannte ich nur den, der heimgekehrt war. Und hatte keine Vorstellung davon, welche Veränderungen Krieg und Gefangenschaft an ihm bewirkten. Für mich war er ein toleranter und wohlwollender Vater, der seine Kinder, so vermute ich heute, bestimmt nicht weniger liebte als früher, für diese Liebe aber keinen rechten Ausdruck mehr zu finden schien.

Schleichend und lange unbemerkt, begannen sich die körperlichen und seelischen Einschränkungen zu chronifizieren. Ganz so, wie es viele Jahre später in den diagnostischen Leitlinien zur posttraumatischen Belastungsstörung (PTBS) von Psychiatern und Psychotherapeuten beschrieben werden sollte, wie ich heute weiß. Demzufolge ist die PTBS eine psychische Störung, die dem Trauma (zum Beispiel Kriegsdienst und langandauernde Gefangenschaft) mit einer gewissen Verzögerung nachfolgt. Bei einem Teil der Betroffenen kommt es in der Folge zusätzlich zu einer chronischen, irreversiblen Auswirkung dieser Störung, der sogenannten andauernden Persönlichkeitsänderung nach Extrembelastung.

Davon wussten die Menschen damals nichts. Und die Eltern sprachen nie über Probleme, mit denen der Vater kämpfte. Ich glaube auch nicht, dass sie sich mit anderen Menschen darüber austauschten. Sicher ist, dass die psychophysischen Folgen von Krieg und Gefangenschaft von der Nachkriegsgesellschaft nicht zur Kenntnis genommen wurden, obgleich, oder gerade weil so viele Heimkehrer davon betroffen waren. Diejenigen unter ihnen, die das Glück gehabt hatten, bald wieder Arbeit zu finden, bemerkten, wie der Vater, schnell ihre Schädigungen. Sie klagten über Schwächezustände, über Konzentrations- und Ausdauermängel sowie Störungen des Gedächtnisses, und lebten in fortwährender Sorge, ihren Arbeitsplatz wieder zu verlieren. Dass solche Sorgen nicht unbegründet waren, zeigte sich bald auch in der eigenen Familie. Anlässlich der nächsten Rezession erhielt ein halbes Dutzend Angestellte der Firma, bei der auch der Vater beschäftigt war, die Kündigung, darunter er. Rendenburg und Umgebung boten keine alternativen Arbeitsplätze, und so kam es, dass die Familie erneut umzog, zurück in eine Großstadt. Die Mutter wird geahnt haben, dass ihr Mann nie wieder so gesund und belastbar sein würde wie früher. Er, dem die Familie alles bedeutete, war nicht mehr in der Lage, seine Rolle als Ernährer im selben Maße wie früher sicherzustellen.

Weil aber die Eltern mit uns Kindern nicht über diese Schwierigkeiten sprachen, ahnten wir auch noch nichts vom verlorenen Arbeitsplatz, als ein „blauer" Brief meiner Schule eintraf mit dem Hinweis, beim derzeitigen Notenschnitt sei die Versetzung gefährdet. Hatte ich bislang zu den Klas-

senbesten gezählt, waren meine Leistungen neuerdings unerwartet abgesunken. Schon am nächsten Tag schickte mich die Mutter nach Sinte mit
dem Auftrag, mich von der Schule abzumelden.
Ich nahm an, dies sei die Folge meines Versagens
und war todunglücklich. Ich vergesse nicht, wie
schwer mir dieser Weg wurde und dass mich dort
eine mütterliche Nonne in den Arm nahm, als ich
vor der Lehrerschaft in Tränen ausbrach. Ich ahnte
nicht, dass die Schulbildung der Kinder neuen Ein-
kommensverhältnissen angepasst werden musste.
Gymnasien kosteten Schulgeld und wurden gestri-
chen, ebenso der Klavierunterricht. Von diesem
Moment an nahm das Leben der Familie eine andere Richtung.

Das Gymnasium wieder verlassen zu müssen,
war bitter für Hanna. Erschrocken schickte sie sich
in diese beschämende Situation, wie sie es emp-
fand. Sie war daran gewöhnt, sich zu fügen. Doch
in ihrem Innern regte sich Unmut. Sie war über-
zeugt, die Versetzung geschafft zu haben, hätte
man ihr die Chance gegeben. Rückblickend be-
trachtet war dies der Keim, aus dem später der

Wille Hannas erwuchs, etwas für sich zu verändern. Doch bis dahin sollten noch Jahre vergehen.

Es begann nun eine Zeit, in der die Eltern seltener musizierten. Doch gab es immer noch Abende, an denen uns die Mutter einen Musikwunsch erfüllte. Eine Zeit lang war dies die Petersburger Schlittenfahrt. Ich weiß nicht, ob die Eltern schon ahnten, dass es neben der akuten Sorge um den verlorenen Arbeitsplatz noch eine weitere, größere gab, nämlich die Chronifizierung der posttraumatischen Beschwerden des Vaters mit ihren verheerenden Folgen für seine Wesensart, seine Persönlichkeit. Ich wusste nichts von Einschränkungen, mit denen er kämpfte, und schon gar nichts von posttraumatischen Veränderungen. Und selbst viel, viel später noch ahnte ich nichts von deren Ausmaß. Ich wuchs auf mit diesem Vater und stellte ihn nicht in Frage.

Diese Zeit, bevor wir Rendenburg wieder verließen, war die Zeit, in der er besonders häufig seine klagende und schwermütige Musik spielte. Und erst rückblickend wird mir deutlich, wie sich sein Spiel seit dieser Zeit, zunächst unmerklich, veränderte, verhaltener wurde. Bis er im hohen

Alter gar nicht mehr musizierte. Danach beschränkte er sich darauf, Musik nur noch zu hören, im Radio oder von der Schallplatte. Es schien, als lebte er seine Empfindungsfähigkeit passiv weiter in der Musik. Ich glaube, dass sie ihm auf diese Weise eine Art Lebenselixier war bis an sein Lebensende. Jedoch haderte er zunehmend mit seinem Schicksal, das ihm sehr bewusst war, sowie mit der Stigmatisierung als Versager durch die Gesellschaft, die wegsah und nicht bereit war, sich mit den Langzeitschäden des Krieges auseinanderzusetzen. Nicht zuletzt unterstützt durch das lange Festhalten an der Theorie vom angeblichen Erbfaktor durch die ärztlichen Gutachter im Nachkriegsgesundheitssystem. Diese letzten Lebensjahre erlebte ich sehr bewusst mit und war doch nicht in der Lage, seine Bitterkeit zu verstehen und die Zusammenhänge zu begreifen.

Mein schockartiges Erkennen der ganzen Tragweite seiner Deformierung dann viel zu spät, nämlich erst nach seinem Tod, als mir ein altes, bisher unbekanntes Foto und weitere Dokumente in die Hände fielen, die mir vor Augen führten, welch ein sportlicher und gewandter Mann er vor dem Krieg war. Das Foto zeigte ihn rittlings auf einem Ein-Mann-Paddelboot sitzend, die nackten Beine rechts und links im Wasser, einen bedrohlich aufgewühlten Fluss geschickt überquerend. Er wirkte jungenhaft, draufgängerisch und ungemein sportlich. Ich fand heraus, dass er Tennis spielte, mit Freunden in den Bergen kletterte und mehrtägige Paddelboot-Wandertouren mit ihnen unternahm. Wiederholt erfüllte er die Voraussetzungen der sportlichen Vielseitigkeitsprüfung des Deutschen Sportbundes und erhielt das goldene Sportabzeichen. Diesen aktiven, zupackenden Mann, der mir, den Fotos zufolge, in meinen ersten zwanzig Lebensmonaten ein so liebevoller Vater war, hatte ich nie bewusst erlebt. Der Vater, den ich kannte, war ein stiller, entmutigter Mensch gewesen, doch immer ein lieber, wohlwollender Vater. Klug und liberal im besten Sinne des Wortes, vollkommen unautoritär, vermittelte er uns seine humanistischen Überzeugungen und hielt uns an, stets Fair Play zu leben. Aber er war nicht der Vater, den ich mit meinen Sorgen und Nöten belasten wollte. So wenig wie die Mutter. Ich konnte mir nicht vorstellen, dass sie sich mir hätten so zuwenden können, wie ich es wirklich brauchte.

Du hattest eben schon früh verstanden, dass es zuhause nicht darum ging, wie es Dir ging. Heute weiß ich, warum das so war. Die Eltern, traumatisiert wie sie waren, unfähig, sich einzufühlen in die Nöte der Kinder, waren gefühlsmäßig gar nicht erreichbar. Auch nicht für Maria, die kleine Schwester. Ich erinnere mich, wie sie als Baby morgens, oft lange nach ihrem Aufwachen, immer noch freundlich in ihrem Bettchen lag, nass bis unter die Achseln. Später, nach dem Arbeitsplatzverlust des Vaters, blieben Paul und ich mit ihr als Dreijährige manchmal tagelang allein, während die Eltern unterwegs auf Stellensuche waren. Die Mutter nahm übrigens auch eigene Schmerzen nicht wahr. So ignorierte sie eine Entzündung am offenen Unterschenkel, die sich unter einem Zinkverband gebildet hatte, so lange, bis es zu einer Blutvergiftung kam. Zum Glück gab es schon Penicillin, was ihr das Leben rettete.

Diese Verschlossenheit, das Unvermögen, Signale als solche wahrzunehmen, führte einige Jahre später zu einer folgenschweren Erkrankung Marias. Im Nachhinein als Nierenbeckenentzündung eingeschätzt, blieb sie in der akuten Situation unbehandelt und heilte auf diese Weise nicht aus. Es war kein Arzt aufgesucht worden. Dreißig Jahre später versagten Marias Nieren. Nach langen Wartejahren an der Dialyse erhielt sie eine Spenderniere. Als diese zehn Jahre später den Dienst einstellte und ihr wiederum nach fast zehn Jahren gerade eine zweite Niere erfolgreich transplantiert worden war, starb sie, knapp zweiundfünfzig Jahre alt, an einem resistenten Krankenhauskeim.

Bei allem Kummer um das, was uns versagt blieb und der Trauer über die verhängnisvollen Folgen, war es damals für uns aber ein friedliches Elternhaus, in dem wir groß wurden. Und erst heute erahne ich die Anstrengungen, die es für die Eltern bedeutete, uns das Dasein, wie es damals war, überhaupt so zu ermöglichen.

14

Es kann kaum überraschen, dass sich unter diesen Umständen die Beziehungen zwischen Eltern und Kindern anders entwickeln als in anderen Elternhäusern. So versuchte ich von früh auf, mich in die Mutter einzufühlen, sie zu stützen und zu trösten, als gelte es, etwas gutzumachen. Ohne mich jemals zu fragen, was. Um meine Gefühle ging es umgekehrt nie, sie war, was diese Bedürfnisse ihrer Kinder anging, eben dauerhaft verschlossen. Und als sie fünfundneunzigjährig starb, blieb mir für lange Zeit ein großes Schuldgefühl, nicht gut genug für sie gesorgt zu haben. Eine merkwürdige Beziehung, in der es die Tochter ist, die sich verantwortlich fühlt für das Wohlbefinden der Mutter. Doch trotz aller Hemmnisse schien da eine tiefe, aber eben auch schwierige Verbindung zwischen uns zu existieren, und als sie starb, war mir, als bräche der wichtigste Halt meines Lebens weg.

Inzwischen sehe ich auch ihre Beschädigung, mit der sie so anders lebte als der Vater. Ich sah das lange nicht, weil sie, wie der Vater, ihr Leid in sich verschlossen hatte und verbarg auch vor sich selbst. Sie wirkte jedoch nie traurig oder resigniert wie er. Sie war lebhaft und initiativ, stellte ihre Not aber auf verschlüsselte Weise dar. So zeigte sie in Gesellschaft oft unerwarteten Klagebedarf. In wiederkehrenden Redewendungen beschrieb sie, wie schwer sie es gehabt habe mit den vielen Umzügen, den erbärmlichen Wohnverhältnissen nach dem Krieg, den knappen Mitteln. Sie tat das völlig emotionslos. Ich war wütend; ich glaubte, es gebe für sie nichts Wichtigeres, worüber sie sich hätte unterhalten können. Das stellt sich mir rückblickend ganz anders dar. Ich begreife ihre Klage heute als stellvertretende Klage über Erlebtes, das aber nicht benennbar war. Die seelische Erschütterung, der Schock, das Trauma ist der Sprache nicht zugänglich.

So konnte sie über die Umstände von Krieg und Flucht fast nichts von sich geben. Sprachsplitter allenfalls, und die so beiläufig, dass sie meiner Aufmerksamkeit entgingen. Oder entgehen sollten. Hätte ich nachgefragt, wäre das fatal gewesen. Nur so nämlich blieb der Schutzmechanismus intakt, der verhinderte, sie mit der erlebten Not und Verzweiflung noch einmal in Berührung zu bringen. Diese dauerhafte Blockade bewirkte andererseits, dass sie sich auch nicht mehr in die Nöte ihrer Kinder einfühlen konnte. Selbst nicht in so alltäglichen Situationen, in denen sie Lob oder Trost von ihr gebraucht hätten.

Aber eben nur so war sie in der Lage, tatkräftig zu funktionieren, sowohl auf der Flucht als auch danach in den schweren Hungerjahren direkt nach dem Krieg, in denen sie kämpfen musste, um sich und die Kinder durchzubringen. Ein Foto aus dieser Zeit zeigt sie mit Paul und mir; sie wiegt gerade noch fünfundvierzig Kilogramm. Ich stehe etwas abgewandt da, Paul ist zu sehen mit weit vorstehendem Kartoffelbauch, ein Zeichen für die Mangelernährung. Sogar noch nach der Heimkehr des Vaters im Sommer 1948 sehe ich, wie sich die Mutter eine trockene Scheibe Brot bestreicht mit einer winzigen Menge Marmelade von der Größe eines Kirschkerns. Das Schicksal hat sie auch danach nicht geschont. Die fortschreitende Wesensveränderung des Vaters als Spätfolge von Traumatisierung trug sie ohne erkennbare Bitterkeit oder

Schärfe. In ihren Händen allein lag die Bewältigung aller Aufgaben und Schwierigkeiten des täglichen Lebens unserer Familie. Sie war mutig und entschlossen, sie war, was der Vater nach dem Krieg nicht mehr sein konnte. Mit ihrem Kampfgeist hielt sie alles zusammen. Ohne sie – es wäre nicht auszudenken gewesen. Bis zu ihrem Tod pflegte sie ihre sozialen Kontakte. Die sie auch deswegen benötigte, weil sie nicht allein sein konnte, wie sie sagte. Sie brauchte Ablenkung. Bis zuletzt war sie geistig wach und ausgesprochen kommunikationsfreudig, hatte immer viel mitzuteilen und unterschwellig zu klagen.

15

Im Gegensatz zu den Verhältnissen im kriegs-
zerstörten Ruhrgebiet, aus dem die Familie kam,
erwies sich das intakte dörfliche Leben in Rendenburg und in der Stille der dünnbesiedelten Umgebung als Segen für Hanna. Stundenlang durch-
streiften die Kinder in fantasievollen Spielen mit
ihren Kameraden die Landschaft. Für Hanna war
die Begegnung mit der Natur eine neue Welt, die
sie sofort verzauberte. Doch gab es auch traurige
Momente. Dann stand sie bekümmert am Fenster
und schaute über das Tal hinüber auf die andere
Seite. Lang dahingestreckt lag dort ein scharfge-
schnittener Bergrücken unter dichtem Tannen-
kleid; sein Profil im Sommer dunkel vor dem leuchtenden Himmel. Ruhig, schweigend, immer da. Der
Vater spielte Klavier, seine traurige Musik erfüllte
das Haus. Und Hanna war traurig wie er.

Als Beethoven-Liebhaber spielte der Vater möglichst jeden Tag bevorzugt eine seiner Sonaten,
sozusagen als Übung. Ich allerdings bewunderte
viel mehr sein Improvisationstalent. Je nach Ge-

mütszustand spielte er seine Versionen verschiedenster Opernarien, darunter häufig die Klage „Di Provenza il Mar" aus der Traviata, aber auch Brahms- und Schubertlieder, viele schwermütige Schubertlieder.

Solange ich zurückdenken kann, war das Haus erfüllt von Musik, sei es, dass Klavier gespielt wurde oder sie von der Schallplatte kam. Später erzählten Nachbarn, die vierjährige Schwester habe beim Rollerfahren Beethovens Neunte gepfiffen.

Mit einem Mal war es kühl geworden. Am Himmel kündigte sich die Nacht an. Ich saß hier, hing meinen Erinnerungen nach und wollte längst auf dem Weg nach Hause sein. Doch konnte ich nicht so einfach fortgehen, wollte nicht loslassen, was ich mir gerade erst wieder aneignete. Ich musste noch bleiben. Während ich in meiner Handtasche nach dem Portemonnaie suchte, sah ich mich nach der Bedienung um und bat die junge Frau, im Hotel in der Lodergasse anzurufen und wegen eines Zimmers anzufragen.

Später, als ich unterm Abendhimmel und im Anblick des Vollmonds im Osten mit meinem Roll-

köfferchen die steile Straße noch einmal hinauf-
stieg, überfiel mich eine fast kindliche Freude, als
hätte ich jemandem ein Schnippchen geschlagen.
Ein Zimmer mit allem, was ich jetzt brauchte. Eine
Festung, die nur mir gehörte für eine Weile, mitten
in Rendenburg. Ich hatte eine Berechtigung, hier
sein zu dürfen. Drüben, nur durch die schmale
Straße getrennt, sah ich auf die erleuchteten Fenster der gegenüberliegenden Häuser, die einträch-
tig an der dunklen Gasse standen. Eine große Ruhe
lag über dem Ganzen. Ich stand und schaute lange
in die Nacht. Und die Traurigkeit, seit Ewigkeiten
ein Teil von mir, zog sich zusammen und machte
sich kleiner.

Ich schlief wohl tief und traumlos. Jedenfalls
saß ich am Morgen frisch und ausgeruht als eine
der ersten beim Frühstück. Draußen herrschte
dichter Nebel. So hatte ich Zeit und bestellte noch
einen Kaffee. Ein älterer Mann kam herein und
verschwand in der Küche. Kurz darauf war er es,
der mir den Kaffee brachte. Als er so vor mir stand,
glaubte ich, ihn zu erkennen. Er bemerkte mein
Zögern und blieb am Tisch stehen, als erwartete er
noch eine Bestellung. Ich nannte meinen Geburts-

namen und fragte, ob wir früher dieselbe Schulklasse besucht hätten. Überrascht schaute er mich an. Ach, ich glaube, ich weiß ... Vielleicht wollte er mich nicht enttäuschen. Doch setzte er sich zu mir und fragte aufmerksam nach. Später sprach er von sich und seinen Brüdern, von den Kindern und dem Verlust seiner Frau vor zwei Jahren. Inzwischen habe die Tochter das Hotel übernommen, er selbst sei nur noch selten hier. Ich erkundigte mich nach einigen Jungen und Mädchen von damals, deren Namen mir gerade einfielen. Alle lebten noch am Ort oder waren später hierher zurückgekehrt, hatten Familien, Enkel, Urenkel. Die Kontinuität, dachte ich, die ich immer vermisst hatte.

Trotz des Nebels, der sich bis zum Mittag kaum lichtete, ging ich aber schließlich doch über die Landstraße nach Süden, dahin, wo meine Familie früher lebte. Einst mein alltäglicher Weg von der Volksschule zurück nach Hause, jetzt verfremdet durch den Nebel, der die Formen glättete und die Landschaft aufzulösen schien. Die Straße windet sich in langgezogenen Kurven durch ein weites Tal. In seiner fruchtbaren Mitte, eingebettet in fette Wiesen, mäanderte noch immer der Bach in aller Ruhe. Doch war das Tal inzwischen stark besiedelt, teils bis in die Hänge hinauf. Die Kleinbetriebe weiter unten in dem nach Süden sich verengenden Tal schienen jetzt zu einem einzigen Werk verschmolzen. Den überfüllten Parkflächen zufolge gab es hier inzwischen für viele Menschen Arbeit. Am Ende des Tals, hinter einer Kehre, öffnete sich das Asertal, immer noch beinahe unbebaut und still. Am Hang links stand, wie früher, die Handvoll Häuser, wenn auch, wie ich sofort sah, von den neuen Besitzern ausnahmslos umgestaltet und erweitert worden. So auch das einstige Haus der Familie. Ich dachte an mein Zimmer im ersten Stock mit dem schönen Südblick – zugebaut. Ein Anbau, noch einmal so groß wie das alte Haus und mir ganz fremd. Die Wege hinauf begradigt, befestigt, asphaltiert. Alles hübsch ordentlich, gezähmte Vegetation. Ich wandte mich ab und schaute hinüber auf die andere Talseite, wo der vertraute Höhenzug leicht verschleiert, sonst aber wie früher dalag. Außer mir war hier niemand unterwegs. Kein Geräusch drang an mein Ohr.

Seltsam, so allein hier zu gehen. Wie damals als Zehnjährige, als ich früh morgens bei Dunkelheit auf dem Weg zur Haltestelle der Eisenbahn hinter dem Weiher war, um mit Beginn der fünften Klasse täglich zur Schule nach Sinte zu fahren. Noch heute sehe ich mich mutterseelenallein in der stockfinsteren Landschaft. Die Augen müssen sich erst an die Schwärze gewöhnen, bevor sie Abstufungen davon unterscheiden können. Es herrscht Totenstille, nur ab und zu ein Knacken hinter mir. Manchmal glaube ich, eine Bewegung zu bemerken. Vom Weiher dringt geheimnisvolles Glucksen. Ich sehe mich um, gehe schneller, habe Angst. Schließlich stehe ich in der Finsternis auf dem kurzen geteerten Fleckchen Erde neben dem Gleis, das nach einer Eingabe der Eltern speziell für mich angelegt worden war. Meine Bahnhaltestelle, an der außer mir nie jemand ein- oder aussteigt. Es gibt keine Beleuchtung, keine Beschriftung, keinen Unterstand. Ich höre den schweren Wind in den Tannen, das Stöhnen alter Äste. Endlich das Geräusch des nahenden Zuges, und schließlich sehe ich die drei leuchtenden Augen der Lokomotive auf mich zukommen. Mit gerade erst zehn Jahren bin ich noch zu klein, um ohne die Hilfe des Schaffners die Stufen der Waggons zu erreichen.

Die Eltern dachten nicht darüber nach, ob mir dieser Weg so ohne Begleitung zuzumuten sei. Und ich war es gewöhnt, allein zu sein in Situationen, die eigentlich zu schwierig für mich waren und mich ängstigten.

16

Aufbrechende Erde im Frühjahr, wenn die
Feuchtigkeit aus der gefrorenen Tiefe nach oben
dringt, Rinnsale laufen, die Sonne warm scheint.
Irgendwo am Berg saßest Du und beobachtetest,
wie die Natur nach langem Winter erwachte. Momente, in denen Du so vollkommen zufrieden
warst mit der Welt, dass die Erinnerung daran bis
heute reicht. Sonnengefleckte Farne und abge-
storbene Äste in den Lichtungen, sich sonnende
Blindschleichen, weiß gebleichte Schädel von Na-
gern auf den weichen Nadelböden, ein einzelner
Sonnenstrahl im dunklen Tannenwald, der die alten Stämme rötlich leuchten ließ. Quellen, Rinnsale, an deren Rändern winzige Pflänzchen blühten
wie in einem Miniaturgarten. Märzsonne, die
schon so warm schien, dass wir heimlich die Ja-
cken auszogen, was die Mütter nicht sehen durf-
ten. Wochenlang anhaltende Sommerhitze. Im
Winter hoher Schnee. Der beschwerliche Schul-
weg ins Dorf, bei festgefahrenem Schnee auf
Schlittschuhen. Die Adler, die wir in den Schnee
zeichneten, indem wir uns rücklings hineinfallen

ließen und die Arme im Halbkreis so bewegten, dass sie den Abdruck gespreizter Flügel darstellten und damit eine Ähnlichkeit mit dem stilisierten Bundesadler vortäuschten. Verbotene Gänge in die zahlreichen Höhlen, wo ich eines Winters ins Eis einbrach. Schlittschuhlaufen auf dem Weiher bis in die Dunkelheit. Ganze Minidörfer aus Sand und Lehm gebaut auf der Lichtung, mit kleinen Straßen und Brücken. Alles das war die Natur um Rendenburg für mich.

Die Hühnereier, die Marga und ich aus dem Hühnerstall ihrer Eltern stahlen und auslutschten. Das Vergnügen daran, obwohl ich den Geschmack gar nicht mochte. Ihre langen Zöpfe, um die ich sie so beneidete. Die Rückkehr dieser Familie zur bäuerlichen Lebensweise nach der Vertreibung aus dem Osten in einem neu gegründeten Dörfchen in der Nähe von Rendenburg. Der Nachbarjunge, der zur Osterzeit gekochte Eier in riesigen Waldameisenhaufen vergrub, damit sie einen speziellen Geschmack annahmen. Oder eine leere Flasche bis zum Hals hineinsteckte und sie mitsamt den hineingefallenen Ameisen am nächsten Tag seinen Großeltern brachte, die den Inhalt, mit Alkohol

aufgefüllt, gegen rheumatische Beschwerden ein-
setzten. Von ihm lernte ich, dass Krähen bis zwei
zählen können. Drei Jäger gehen in den Wald, zwei
wieder hinaus. Und die Krähen glauben, die Gefahr
sei vorbei.

Das Geländer, das den Weiher schon früher von
zwei Seiten umgab, stand noch genauso da wie in
meiner Erinnerung, heute wie früher mehr nutzlos
als schützend. Die weiße Farbe nahezu verschwunden, das Material dem Rost preisgegeben.
Eingewachsen in die schmale Ufervegetation, die
ungezähmt, nur durch den Asphalt der Straße be-
grenzt, vor sich hin wucherte. Der Weiher lag ruhig
da, kein Laut war zu hören.

Wie früher bog ich in die Straße zum Bahngleis
ein, die zugleich das Südufer des Weihers bildet.
Meine Augen suchten die Straße ab. Zwei rostige
Schienen kreuzten den Weg. Hier musste es gewesen sein. Ein verrottendes Signal mit zwei gekreuz-
ten Balken stand noch da, wo einst der Zug die
Straße überquerte, aber schon lange keiner mehr
fuhr. Ein trauriges Mal ohne Funktion; übrigge-
bliebenes Zeichen einer anderen Zeit. Der geteerte
Fleck, mein Bahnsteig, war nur noch zu ahnen. Die

Natur hatte ihn nahezu vollständig zurückerobert. Davor lagen die rostigen Schienen zwischen wucherndem Grün, nach wenigen Metern meinen Blicken entzogen. Sonst nichts. Stille. Kein Wind, kein Ächzen alter Tannen. Mein Leben damals hier - eine entschwundene Zeit. Wie der größte Teil meiner Lebenszeit. Das Leben hatte sich verändert, ich hatte mich verändert. Alles war im Fluss und ich Teil davon.

Ich erinnerte mich an eine Fahrt nach Sinte, früh morgens mit dem roten Schienenbus, der die Dampflokomotive und die hohen Waggons eines Tages ablöste. Ich sitze direkt hinter dem Fahrer. Der Zug fährt langsam und schwerfällig durch tief verschneite Wälder. Es ist noch dunkel, die Scheinwerfer beleuchten die Strecke nur wenig voraus. Aus dem Dunkel tauchen unentwegt weit überhängende, schneebeladene Zweige auf, kommen langsam näher, berühren die Frontscheibe, stieben auseinander, lassen den Zug dazwischen durchtauchen, schließen sich hinter ihm wieder. Ein Moment starker Gefühle. Doch es gab niemanden, dem ich davon hätte erzählen können. Nicht lange danach war die Familie fortgezogen.

Bitter muss es gewesen sein für das Kind, diesen beschirmenden Lebensraum so schnell wieder zu verlieren, noch bevor es sich selbst davon wieder hätte lösen können. Es sehnte sich nach Beständigkeit, dem Verlässlichen, das es in dem ländlichen Leben gefunden hatte. Doch warst du anders als die anderen Kinder hier. Du wolltest vor allem die Eltern nicht belasten, ihnen keine Sorgen bereiten. Die Landkinder fühlten sich durch nichts gehindert. Sie folgten spontan ihren Einfällen, waren unbekümmert und ganz dem Spiel hingegeben. Es gab glückliche Momente, in denen Du sein konntest wie sie. Wie bei den tollkühnen Schlittenfahrten. Die Kinder banden ihre Schlitten zusammen und sausten, die jüngeren Geschwister vor sich auf dem Schoß, den steilen, ausgefahrenen Hohlweg vom Berg hinunter bis auf die Landstraße. Und einmal direkt auf ein Auto zu, das gerade noch ausweichen konnte.

Ganz versunken in diese Bilder ging ich langsam zurück. Auch jetzt noch hingen die Nebel über dem Tal. Die Häuser am Hang – ich könnte hinaufsteigen, mir die Veränderungen anschauen, in fremde Gesichter blicken, mit Menschen sprechen, die jetzt dort wohnten. Und fände doch nicht wieder, was ich damals hinter mir lassen musste. Das einfache Leben hier war wie ein Versprechen gewesen, das letztlich nicht eingelöst wurde. Es blieben Erinnerungen, die lange schmerzten, und die Sehnsucht nach Verwurzelung an einem Ort, der vielleicht Heimat hätte werden können.

17

Ein weiteres Jahr ist vergangen. Vorbei ein neuer Frühling, in dem die Ahornblüten, wie jedes Jahr, Straßen und Dächer mit ihrem grünen Blütenstaub überzogen, Narzissen vergingen zwischen frisch aufgeblühtem Vergissmeinnicht, der Specht hämmerte. Storchschnabel wuchs in dicken Horsten, wo vorher nichts gewesen war. Ein Frühling, in dem die Natur abermals ihren Teppich webte, unbeeindruckt von Freud und Leid, von Betrübnis und Bedrückung des Menschen. Urkraft, unbeirrbar. Günstigstenfalls erahnbar in flüchtigen Momenten.

Dies ist nun die Kriegs- und Nachkriegsgeschichte meiner Familie, deren weiteres Schicksal sich in den Jahren, die wir in Rendenburg lebten, entschied. Die bedingenden Fakten waren mir schon länger bekannt, die Folgen drängten sich beim Wiedersehen mit dem Dorf auf. Über beides, Fakten und Folgen, blieben die Eltern zeitlebens stumm. In dem Maße, wie ich das Unausgesprochene in meinem Elternhaus schließlich verstand, lernte ich auch das Kind, das ich war, besser kennen. Ein Kind, das schlimmsten Kriegserlebnissen ausgeliefert war, mit seinen unzulänglichen Kräften die beschädigten Eltern zu schützen und stützen suchte und auf vielfältige Weise in seinen elementaren Bedürfnissen beschnitten war. Vielleicht deshalb wuchs in diesem Kind früh der Wunsch nach Veränderung und der Wille, etwas für sich zu tun, so, wie es ihm erstmals bewusst wurde nach dem erzwungenen Abbruch des Schulbesuchs in Sinte. Der Abschied vom geliebten Dorf war letztlich der Preis für größere Freiheit, die eine Großstadt bot. Sie eröffnete Möglichkeiten, die es in Rendenburg nicht gegeben hätte. Hier schließlich holten die Kinder aus eigener Kraft ihre Bildungs- und Studiengänge erfolgreich nach.

Es war nicht leicht für mich, diese Geschichte zu erzählen und die Sprache dafür zu finden. Aber nun bin ich erleichtert, fühlte mich sogar befreit, wäre da nicht immer noch die Trauer um den verhängnisvollen Lauf der Dinge im Leben und um den Tod der Schwester. So kann ich nicht sagen, ob der Prozess des Innewerdens der eigenen Geschichte damit abgeschlossen oder jemals wirklich abzuschließen ist.

Darüber ist es nun Juli geworden. Laue Lüfte wehen sachte durch die alten Bäume. Bienen summen in blühenden Gehölzen. Eine Drossel singt ihr schönstes Repertoire. Der Sommer steht, behäbig. Einen Moment lang ist mein Herz ruhig, das Gemüt beruhigt. Die Gedanken stehen still, es gibt kein Davor und kein Danach. Bis eine neue Brise neue Bewegung bringt.

Quellenhinweise

Bei meinen Nachforschungen zur Gefangenschaft des Vaters und Flucht von Mutter und Kindern stieß ich auf wertvolle Informationen anderer Autoren und Zeitzeugen, die zum Teil Eingang in die vorliegenden Erinnerungen gefunden haben.

Es sind dies:

- Bock, Ernst-Ludwig: Halle im Luftkrieg, 1939 – 1945. Projekte-Verlag, Halle 2002.

- Bode, Sabine: Die vergessene Generation. Die Kriegskinder brechen ihr Schweigen. Piper Verlag, München 2005.
- Goltermann, Svenja: Die Gesellschaft der Überlebenden. Deutsche Kriegsheimkehrer und ihre Gewalterfahrungen im zweiten Weltkrieg. Deutsche Verlagsanstalt (DVA), München 2009.
- Gries, Ulrich: Abbau der Persönlichkeit. Zum Problem der Persönlichkeitsveränderungen bei Dystrophie in sowjetischer

Kriegsgefangenschaft. München und Basel 1957.

- Jauernick, Ernst: Menschen in Schlesien. Internetseite mit Kriegs- und Kriegsgefangenenbericht, aufgeschrieben März 2007.
- Karner, Stefan: Im Archipel GUPVI. Kriegsgefangenschaft und Internierung in der Sowjetunion 1941 – 1956. Wien und München, 1995.
- Lehmann, Albrecht: Gefangenschaft und Heimkehr. Deutsche Kriegsgefangene in der Sowjetunion. München 1986.

Sehr hilfreich waren mir auch die folgenden Publikationen zum Thema Kriegskinder und Traumatisierung der Eltern:

- Radebold, Hartmut, Werner Bohleber, Jürgen Zinnecker (Hrsg.): Transgenerationale Weitergabe kriegsbelasteter Kindheiten. Interdisziplinäre Studien zur Nachhaltigkeit historischer Erfahrungen über vier Generationen. Juventa Verlag Weinheim und München, 2009.

- Radebold, Hartmut, Gereon Heuft, Insa Fooken (Hrsg.): Kindheit im zweiten Weltkrieg. Kriegserfahrungen und deren Folgen aus psychohistorischer Perspektive. Juventa Verlag, Weinheim und München, 2006.
- Roberts, Ulla: Starke Mütter – ferne Väter. Über Kriegs- und Nachkriegskindheit einer Töchtergeneration. Haland & Wirth im Psychosozial-Verlag, 2005.
- Schulz, Hermann, Hartmut Radebold, Jürgen Reulecke: Söhne ohne Väter. Erfahrungen der Kriegsgeneration. Ch. Links Verlag, Berlin, 2007.

Zeitfracht Medien GmbH
Ferdinand-Jühlke-Straße 7
99095 Erfurt, Deutschland
produktsicherheit@kolibri360.de